LA TRAVESÍA DE SANTIAGO

LA TRAVESÍA DE SANTIAGO

Alexandra Diaz

A Paula Wiseman Book

Simon & Schuster Books for Young Readers

NUEVA YORK   LONDRES   TORONTO   SÍDNEY   NUEVA DELHI

La editorial y la autora reconocen con gratitud a Grace Gómez Molinaro,
abogada, por su experta revisión de este libro.

SIMON & SCHUSTER BOOKS FOR YOUNG READERS
Un producto de Simon & Schuster Children's Publishing Division
1230 Avenida de las Américas, Nueva York, Nueva York 10020

SIMON & SCHUSTER BOOKS FOR YOUNG READERS
es una marca de Simon & Schuster, Inc.
Para información sobre descuentos especiales para comprar en volumen,
por favor contacte a Simon & Schuster ventas especiales al 1-866-506-1949
o business@simonandschuster.com.
La oficina de oradores (Speakers Bureau) de Simon & Schuster puede
llevar autores a su evento en vivo. Para más información o para reservar un
evento, contacte a Simon & Schuster Speakers Bureau al 1-866-248-3049
o visite nuestro sitio web, www.simonspeakers.com.
Diseño de la cubierta por Krista Vossen
Diseño del interior del libro por Tom Daly
El texto para este libro fue compuesto en Bembo Std.
Impreso en los Estado Unidos
0620 OFF
2 4 6 8 10 9 7 5 3 1
La CIP data para este libro se encuentra disponible en la Biblioteca del Congreso.
ISBN 978-1-5344-5326-5 (edición de tapa dura)
ISBN 978-1-5344-5327-2 (edición en rústica)
ISBN 978-1-5344-5328-9 (eBook)

*A todos los que han sido separados
de alguien que quieren, les dedico este libro.*

PRÓLOGO

En algún lugar, ni aquí ni allá

La cama cruje debajo del cuerpo tembloroso de Santiago. Quizás no es una cama sino un ataúd.

Si lo hubiera pensado, habría preferido tomar una ruta diferente: salvar unicornios invisibles y perdidos o escapar de esta prisión hacia la libertad.

Pero él nunca había pensado que la muerte sería así.

Sobre todo, no pensó que moriría en este lugar, de esta manera. Solo y perdido. Por lo menos ahora no tiene que pelear. No tiene que hacer tanto esfuerzo. Las personas cuando se mueren están en paz. La paz le vendría de lo más bien.

Él escucha unas voces, pero no está seguro de si son reales o si son recuerdos. ¿Qué es real de verdad?

No puede aguantar más. Tan segura como la luz que lo ciega, la muerte se acerca. Santiago sabe que viene por él. Respira profundamente, aceptando la luz brillante. Ya pronto todo terminará.

Y no tengo miedo.

Dicen que antes de morir uno percibe su vida como un destello. Pero no es su vida entera. Solo los acontecimientos que lo llevaron a esta situación. Los más importantes y los que Santiago quisiera olvidar.

PRIMERA
PARTE

CAPÍTULO 1

Estado de Chihuahua, México

Santiago observó a su tío Ysidro caminar delante de él y de los tres niños pequeños como si fueran piedras en el jardín. Los pequeños ni levantaron la vista de las bolas de fango con las cuales jugaban con la llegada de su papá. Mejor así pues no vieron en el rostro de su papá la expresión de una tormenta a punto de estallar.

De un salto Santiago se puso de pie cuando la puerta de entrada se cerró de un portazo detrás de su tío, listo para llevar a los niños a un lugar seguro antes de que la tormenta estallara. Pero no fue lo suficientemente rápido.

—¿Qué quieres decir con que te corrieron? —A través de la puerta cerrada se podía escuchar claramente la voz de la tía Roberta.

—¿Les he contado el cuento del zanate que canta? —Santiago susurró mientras señalaba a un poste. Le silbó al pájaro trepado encima de la madera podrida, listo para inventar un cuento. Pero los niños, Jesús, Apolo y Artemisa, a quienes normalmente les gustaba escuchar los cuentos de Santiago, estaban demasiado envueltos en los proyectos que hacían con las bolas de fango para prestarle atención a ninguna otra cosa. Ni siquiera a los gritos que venían de la casa. Pero las bolas de fango no impedían que Santiago escuchara todo lo que estaba pasando.

—¡Quiero decir que insultaste a la esposa del patrón y a mí me corrieron! —gritó el tío Ysidro.

—¿Cuándo es que he conocido a la esposa del patrón?

La viejita de al lado abrió su ventana un poco más. Como no tenía televisor, su principal entretenimiento consistía en escuchar a escondidas lo que pasaba en toda la calle. Santiago hubiera dado cualquier cosa por tener un televisor que lo entretuviera.

—Aparentemente la conociste esta mañana cuando estaba parada delante de ti mientras esperaban por el autobús.

—¿Patas flacas? —comentó la tía Roberta—. ¿Esa era ella?

—¡Patas flacas! —Artemisa chilló como si decirle a alguien patas flacas fuera el insulto más gracioso del mundo. Probablemente lo era para una niña de dos años y medio.

—¿Eso fue lo que le dijiste? —exclamó el tío Ysidro.

—¡Ella se coló delante de mí!

El tío Ysidro lanzó un llanto de maldiciones. Santiago le restó importancia chapoteando con sus manos en el fango para que los niños lo imitaran y no escucharan.

Aún así, los gritos siguientes del tío Ysidro se pudieron escuchar claramente.

—¿Cómo se te ocurrió decirle eso a ella?

El ruido de una cazuela chocando contra el suelo se escuchó de la cocina. Esta vez, Jesús y Artemisa levantaron la vista del fango.

—Ay, magnífico. Esa era nuestra única comida. —Las acusaciones de la tía Roberta se escucharon tan claramente que la viejita de al lado debía de estar contentísima con la recepción excelente que estaba teniendo—. A menos que recojas el arroz del suelo, no tenemos nada más que comer esta noche y vamos a pasar hambre.

—¿Cómo que no tenemos nada más que comer? Yo te di dinero para hacer compras hace dos días.

—Sí, pero malamente me diste suficiente dinero para una sola comida.

—Bueno, búscate tú un trabajo y vamos a ver cuánto ganas después de trabajar doce o quince horas diarias. —La puerta se abrió bruscamente y se cerró de un portazo detrás del tío Ysidro. Si Santiago y los pequeños habían sido invisibles antes, ahora eran inexistentes. El tío pisó un zapato que uno de los niños se había quitado, pero ni se dio cuenta al cruzar la calle en dirección a la cervecería del vecindario.

Santiago esperaba que la tía saliera corriendo detrás de su marido, pero la puerta permaneció cerrada.

Un mechón de pelo cubrió el ojo de Apolo, y Santiago se lo quitó, cuidando no manchar de fango la cara del niño.

—Qué lastima que estas bolas de fango no se puedan comer —les dijo a los pequeños a su cargo—. Quizás tengamos entonces que engullirlos a ustedes. —Embarró de fango la barriga de Jesús que dejó escapar una risita.

Apolo y Artemisa comenzaron a menear sus manos y a bailar sentados. Santiago les hizo cosquillas a los tres hasta que se pararon y, tambaleando, corrieron entre risas para terminar cayéndose en el fango.

—¿Por qué están mis hijos jugando en el fango como si fueran huérfanos? —la tía Roberta se paró delante de ellos con las manos en las caderas y el ceño fruncido en su rostro rojo.

Santiago ignoró el comentario sobre los huérfanos como hacía con todos los insultos que su tía le lanzaba. Tenía razón, los niños estaban sucios y cubiertos de fango desde la cabeza hasta los pañales, pero estaban contentos, entretenidos y a salvo. Lo cual era una rareza en esa casa.

—Como hace tanto calor, pensé que lo disfrutarían. No te preocupes. Yo me encargo de lavarlos. —Cargó a

Artemisa para dirigirse a la bomba de agua que estaba afuera, pero su tía bloqueó su camino.

—No tienes tiempo. El último autobús sale dentro de poco. —Metió la mano en el bolsillo del delantal y le entregó unas monedas, lo suficiente para pagar el pasaje del autobús.

—No te podemos mantener más. Dile a tu abuela que lo sentimos.

Sentirlo no llegaba ni a los talones de como él se sentía. Santiago dejó que la pequeña se deslizara de su cuerpo dejando manchas de fango en su pecho desnudo y en su pantalón. Su mano rozó sin querer las huellas de las quemaduras que aún estaban visibles en su brazo mientras recordaba el dolor de la quemadura de los cigarrillos la última vez que se había quedado con su abuela.

—¿Y los bebés? ¿Quién se va a ocupar de ellos? —Santiago habló sin pensar lo que decía. Una sombra oscureció los ojos de su tía. Él lanzó su cabeza hacia atrás y en ese instante la mano de ella no pudo hacer contacto con la mejilla de Santiago. El no haber logrado su objetivo enfureció a la tía aún más.

—Yo soy la madre. ¿Tú crees que yo no puedo criar a mis propios hijos? Yo me las arreglaba de lo más bien antes de que tú llegaras.

Ahora sí Santiago mantuvo su boca cerrada. Ella tenía un concepto muy diferente de lo que era «de lo más bien».

Él recordaba muy bien cómo había sido la última boda de uno de sus primos. Los tres niños habían gritado sin parar, los habían sacado de la iglesia pateando y cuando se lograron soltar, metieron las seis manos hambrientas en el bizcocho de boda mientras la tía lloraba jurando por Dios que ella no podía aguantarlos más. Sí, ella se las arreglaba de lo más bien.

Fue su abuela, que en su mente Santiago llamaba la malvada, a quien se le ocurrió la idea brillante de mandar a Santiago a casa de sus tíos para que se hicieran cargo de los niños. A su tía (que era realmente su prima y no su tía) le encantó la idea de tener una niñera gratis y la malvada estaba contenta de poder librarse del nieto que detestaba.

Santiago no protestó. Honestamente, eso sí le cayó de lo más bien. Claro, la tía lo culpaba por todo: que los niños hubieran tenido varicela, piojos, irritación con los pañales, catarros continuos, el no hablar en oraciones completas, despertarse durante la noche, no comer, comer demasiado. Pero aún así no se podía comparar con los abusos de vivir con su abuela.

—Por favor, déjame quedarme. —Santiago extendió su mano para devolverle a su tía las monedas que le había dado para el autobús. Pero ella lo ignoró—. Yo me hago cargo de todo esta noche. Descansa. Yo me ocupo de bañar a los niños, de darles comida...

—No hay nada que comer, idiota —ella le recordó.

—¿Y si yo consigo trabajo?

—¿Qué trabajo vas a conseguir cuando tu tío está sin nada?

Santiago no pudo responder. Nadie tenía ningún trabajo que ofrecer. Nadie tenía dinero de sobra para pagarle a alguien por trabajar.

La tía Roberta cruzó los brazos sobre su pecho y señaló hacia la calle.

—Lárgate. A menos que quieras caminar por dos horas hasta llegar a la casa de tu abuela, es mejor que te vayas ahora.

Santiago miró hacia la casa que había sido su hogar por los últimos siete meses. En la habitación que compartía con los tres niños había ropa que le quedaba pequeña. Lo único que poseía era una navaja que había encontrado en la calle. La cuchilla casi no cortaba, las tijeras no abrían y faltaban el palillo de dientes y las pinzas, pero la navaja era suya. Como todas las buenas navajas, permanecía con él todo el tiempo.

Se lavó el fango de las manos y de su pecho en la bomba de agua y se puso la camiseta que se había quitado para jugar en el fango. Apolo se paró frente a él y subió los brazos para que él lo cargara, pero la tía Roberta se puso frente a los niños bloqueándoles el acceso a su niñera. Artemisa formó una bola grande y pegajosa de fango y la lanzó al zapato de su madre. Pero ella no lo notó. Su atención estaba puesta en Santiago.

Santiago miró los rostros de cada uno de los niños, rostros que le habían llegado al corazón. Alzó su mano en señal de despedida.

—Hagan caso a su mamá, chiquitines.

Ya no pudiendo seguir con las miradas que le daban, Santiago tomó el mismo camino por el cual su tío se había ido unos momentos antes. En perfecta sincronía, los tres niños comenzaron a llorar.

—Tago, Tago, ven —Jesús lo llamó con el apodo con el cual llamaba a su niñera.

Apolo y Artemisa no lo llamaron pero continuaron llorando. Santiago caminó más despacio esperando que la tía lo llamara diciéndole que ya vería cómo se resolvía la situación si por lo menos se hiciera cargo de los niños.

Pero su tía no lo llamó y la viejita de al lado cerró la ventana.

CAPÍTULO 2

Las monedas que la tía le había dado le picaban en la mano. Si algo había aprendido durante todos los años que había ido de la casa de un familiar a otra era a gastar el dinero mientras aún lo tenía. Guardarlo era lo mismo que perderlo. O que se lo robaran.

El sol se estaba poniendo en el horizonte, lo cual le indicaba que no le quedaba mucho tiempo. Apresuradamente pasó el bar donde su tío se estaba llenando la barriga vacía con cerveza y chicharrones hasta que se quedara sin dinero. Aún así, el tío se quedaría más tiempo esperando que la tía se calmara y que los niños estuvieran dormidos cuando él regresara.

Pero los niños no se dormirían sin que Santiago les contara un cuento y les frotara la espalda. La tía Roberta pronto se arrepentiría de haberse deshecho de él tan rápido.

En la bodega, pasó la cola de personas que estaban entregando sus mochilas y sus bolsas grandes y se dirigió a la panadería. Como era el final del día los panes estaban a medio precio. Escogió dos panecillos que eran más pequeños que su puño. En la carnicería convenció al carnicero de que le vendiera unos desechos de carne cruda pues las carnes encurtidas estaban fuera de su presupuesto. Sumando el costo de su comida calculó que le sobraba lo suficiente para comprarse una botella pequeña de Coca-Cola.

Pagó con las pocas monedas que estaban destinadas al pasaje hasta la casa de la malvada, que quedaba a cuarenta minutos en el autobús. No recibió vuelto y se sentó en un banco del parque para disfrutar de su comida.

Aún con los panecillos rancios y la carne fibrosa sin cocinar (sus tripas de hierro podían digerir cualquier cosa) esto no era lo peor que había comido. Sonrió. La vida lucía buena y llena de posibilidades. Aunque no sabía cuales eran las posibilidades, sabía que volver a lo de la malvada no era una de ellas. Ya lo había decidido cuando dejó esa casa la última vez.

Lo mejor era que nadie lo buscaría. La malvada no tenía teléfono, por lo tanto no lo estaría esperando. Podrían pasar varios meses antes de que su tía y ella se vieran y varios meses más antes de que lo mencionaran a él. Cuando descubrieran que había desaparecido, si tenía suerte, asumirían que estaba muerto. Y si tenía aún más suerte, no lo estaría.

El aire nocturno le hizo sentir frío en su cabeza calva. Se tocó un mechón que tenía detrás de la oreja y se preguntó cuándo le volvería a crecer el pelo en rizos otra vez. Una semana antes, su tío lo había sujetado mientras su tía le afeitaba la cabeza por darles piojos a los niños. En realidad se habían agarrado piojos por su propia cuenta.

Necesitaría un lugar para pasar la noche. Idealmente no en un banco del parque o debajo de un arbusto donde un perro callejero pudiera orinar encima de él.

Buscó en su mente hasta que se le ocurrió una idea. Sabía de la existencia de la caseta abandonada desde la primera semana que había estado aquí, cuando sacó a caminar a los niños sujetos con arreos y correas. Estaba a cierta distancia de la calle, en ruinas, sin puerta y le faltaba parte del techo. No tenía otro propósito más que el no prestarle atención. Ahora el recuerdo surgió mientras buscaba en el archivo de su mente un lugar que le pudiera servir de refugio.

Pedazos de cristal crujieron debajo de sus pies al entrar en la caseta. Las luces de la calle le permitieron ver que había mucha basura amontonada. El olor a orín le indicaba que otros humanos habían usado esta caseta como refugio. Pero la basura parecía llevar mucho tiempo ahí y el olor no era reciente.

A través de un hueco en el techo, una gota de lluvia le cayó sobre la cabeza calva. Faltaba solo parte del techo, pero las áreas que estaban secas eran las que tenían más basura. Usando sus pies como escoba empujó la basura debajo de la parte del techo que faltaba. Limpió un espacio para dormir hasta que solo hubo tierra debajo de sus pies. Sentado contra la pared abrazó sus rodillas para no sentir frío mientras observaba la lluvia caer sobre la basura. Una gota de agua continua caía sobre una botella, haciéndola sonar como una campana. Como sucedía muchas veces cuando llovía, y también cuando no llovía, le surgió un recuerdo.

Después de un verano muy caliente y seco, cuando él tenía como cuatro años, el cielo se oscureció y comenzó a llover torrencialmente. Todo el mundo corrió para refugiarse debajo de los portales o las tiendas. Sin embargo, mami había sujetado firmemente la mano de Santiago y había mirado hacia el cielo como bendiciendo la lluvia.

—¿Sientes las gotas de agua cayendo sobre tu cuerpo? —preguntó mami con los ojos aún cerrados—. Se llevan todo lo malo para dar lugar a un nuevo comienzo.

—Es como darse una ducha, pero aún mejor —dijo Santiago mientras abría la boca para que le cayera la lluvia—. ¿Podemos hacer esto todos los días?

—Claro, hijo. Cada vez que llueva vamos a salir y lo vamos a celebrar juntos.

Mami quitó los zapatos de ambos y bailaron y saltaron a través del pueblo desierto. El fango le corría entre los dedos de los pies, el agua le chorreaba por la parte de atrás del cuello, corrieron detrás de riachuelos de agua y cantaron canciones tontas. Aunque solo tenía cuatro años, Santiago podía decir que nunca se había divertido tanto.

Tampoco recordaba haber vuelto a bailar en la lluvia. Por lo menos no con mami. Después se lo habían prohibido, pues solamente los locos y los vagabundos danzaban bajo la lluvia.

No, él no pensaría más en eso. Puso su atención en las gotas de agua que caían sobre la botella. Pero tal como sabía que ocurriría, el próximo recuerdo surgió automáticamente.

La malvada estaba sobre él con el cigarrillo colgándole de los labios mientras él limpiaba el fango que su abuelo había arrastrado a la casa.

—Tus pies están llenos de mugre como un cerdo. Tu madre también era un cerdo —dijo su abuela. La malvada lo miraba como si fuera un muchacho irrespetuoso aunque ya había crecido y ahora era más alto que ella—. Siempre andaba descalza. Todos decían que no estaba bien de la cabeza. Como si tuviéramos la culpa de tener que cargar con una loca. Yo le daba golpes para sacarle la locura, pero cuando un huevo se pudre lo único que se puede hacer es botarlo.

—Mami no estaba loca —dijo Santiago—. Ella sabía cómo ser feliz y no terminar como usted.

El rostro de la malvada se torció en una mueca de enojo mientras le lanzaba las cenizas del cigarrillo en los ojos.

—La vida es una lucha constante. No es para ser feliz. Ella estaba loca y mira cómo terminó. Echándome la carga de su hijo insolente y malcriado. Vas a terminar igual que ella, siendo un desperdicio de espacio y aire.

Santiago se restregó los ojos. El recuerdo de las cenizas le ardía tanto como la memoria de lo sucedido. La lluvia paró y el golpear de las gotas de agua contra la botella eran menos frecuentes. Con los brazos cruzados debajo de su cabeza como una almohada miró al cielo a través de los huecos del techo. Las nubes y la contaminación hacían que fuera imposible ver las estrellas. Pero él sabía que estaban ahí. Algunas brillaban fuertemente, otras eran más tenues y distantes, otras ya estaban muertas pero su recuerdo aún resplandecía. El saber que las estrellas estaban ahí de alguna manera u otra le permitió respirar profundamente y cerrar los ojos.

CAPÍTULO 3

Si algo había aprendido Santiago en esta vida era que nunca se sabe lo que va a pasar en el futuro. En un momento su mamá estaba cruzando la calle sosteniendo su mano cuando él tenía cinco años. En el momento siguiente un automóvil se llevó la luz roja y la arrolló. En el segundo del impacto, ella había soltado la mano de Santiago salvando así la vida de su hijo, pero no había podido salvar la suya.

Santiago no confiaba en el futuro ni planificaba nada. No cuando el futuro hacía lo que le daba la gana sin importarle los esfuerzos o los deseos de las personas. Ni mañana ni la semana siguiente importaban. Santiago vivía en el presente y ahora su estómago rugía.

Excepto que aún no quería dejar la caseta. El sol de la mañana lo iluminaba a través de los huecos del techo. Por un rato disfrutó del calor en su cuerpo después del frío de la noche. Se levantó cuando su estómago amenazaba hacer una audición en la sección de tuba de una orquesta.

En el centro del pueblo, cerca de la plaza y de una iglesia, había una camioneta de comida de la cual salía el olor a carne y especias, frijoles y chile tostado. Sentada en la sombra delante de una mesa plástica había una mujer rolliza con un plato lleno de mucha más comida de la que él había visto en su vida. Dentro de la camioneta, un hombre estaba recostado en los codos mirando hacia afuera a través de la ventanilla de servicio.

En los últimos días Santiago había buscado comida detrás de las bodegas y en los latones de basura. Pero se le ocurrió una idea mejor.

—Con permiso —Santiago le dijo al vendedor—. ¿Tiene algún trabajo que yo pueda hacer, lavar los platos, sacar la basura, a cambio de un plato de comida?

El hombre se enderezó y sacudió su cabeza.

—Está muy lento hoy. Ya hice todo lo que hacía falta. Esta es la única clienta que he tenido. —le respondió, señalando a la mujer rolliza sentada a la mesa.

Santiago le dio las gracias de todas maneras. Podía probar su suerte en otras camionetas de comida, pero si esta que despedía los olores más sabrosos no tenía suficiente negocio, las otras tampoco lo tendrían. La mayoría de las personas aquí no tenían dinero para comprar almuerzo.

—Oye, chico, ven y comparte este plato de comida conmigo —le dijo la mujer haciendo señas con el tenedor de plástico.

Santiago titubeó lo suficiente para que ella retorciera los ojos.

—Mira —continuó, empujando el plato sobre la mesa en dirección a él—, hay demasiada comida aquí. O te sientas y te comes la comida o esperas a recoger las sobras de la basura. —Ella llenó el tenedor con un bocado de comida y mientras masticaba le dijo al vendedor—: ¡Esta comida de verdad está buenísima!

Sin saber lo que ella le podía hacer a él o lo que exigiría a cambio, Santiago se rindió ante su estómago y se sentó junto a ella. Era joven, tendría quizás diecinueve o veinte años. Sus ojos negros y brillantes lo miraron a los ojos sin esconder nada. Su tía nunca lo miró a los ojos y la malvada lo golpeaba cuando él trataba de mirar a los de ella. Esta mujer sin embargo le sonreía y lo animaba a hacer contacto visual. Le dio una de las dos tortillas de harina para que se sirviera del plato.

Carne de cerdo, frijoles colorados con lima y chile, tomates y calabacitas con cilantro y aceite de oliva. La tía era una cocinera mediocre y la malvada nunca le daba comida que otra persona quisiera comer. Al primer mordisco se dio cuenta de que nunca había comido nada tan sabroso.

—¿Viste? Te lo dije. La comida está muy sabrosa. —La mujer comió otro bocado y le dijo al vendedor—: ¿Nos puede traer otra Coca?

Pero Santiago paró de comer, con la tortilla amontonada de comida como una montaña en sus manos. Dos ojos negros y brillantes con largas pestañas aparecieron de debajo de la mesa. Santiago tragó. Podía culpar a la mesa o al sol brillante o a su estómago hambriento o a cualquier otra cosa, pero eso no cambiaba que hubiera hecho exactamente lo que detestaba que sus familiares hicieran. Había pensado solamente en él.

—No puedo comer su comida —dijo, poniendo sobre la mesa el plato de tortilla después de haber comido solo un bocado—. Ustedes son dos.

La mujer movió su mano como si hubiera dicho la cosa más estúpida del mundo.

—Hay suficiente en este plato para todos nosotros. Alegría, que Dios bendiga su delgadez, no va a comer más.

La niña pequeña de cuatro o cinco años continuaba observándolo a través de sus largas pestañas mientras roía un hueso de cerdo. Las manos y la boca estaban cubiertas del jugo de la carne y le ofreció lo que quedaba del hueso a Santiago.

Se le hizo un nudo en la garganta mientras insistía para que la niña terminara de comerse el hueso ella misma. Jesús, Apolo y Artemisa nunca compartieron la comida con nadie. Al contrario, les quitaban la comida de los platos a los demás, comían tan aprisa como podían o se quedaban sin comer.

—Por favor, come —insistió la mujer.

El vendedor se acercó con la Coca-Cola y recogió a cambio la moneda que la mujer había puesto sobre la mesa. Comiendo con una mano, con la otra la mujer empujó la botella hacia Santiago.

—Gracias. —La palabra se le atragantó a Santiago en la garganta. Darle las gracias a alguien porque él lo deseaba, porque así lo sentía, era algo que no había sucedido en mucho tiempo.

La mujer no le prestó atención como si su palabra no fuera nada.

—¿Bueno, tienes nombre?

Terminó de tragar antes de contestar:

—Santiago.

—¿Solo Santiago? ¿Sin apellidos? —ella bromeó.

—Santiago García Reyes. —Él añadió sus dos apellidos. El de su padre, a quien nunca había conocido, y el de su madre. Todas las personas que conocía tenían dos apellidos, pero a veces solo mencionaban uno. Si alguna vez se saltaba un apellido sería García, el de su padre, pero nunca Reyes, el de su mamá.

—Oye, somos primos. Yo soy María Dolores Piedra Reyes. —Abrió más los ojos al besar la cabeza de su hija—.

Y ella es Alegría García Piedra. Definitivamente somos parientes.

Ella lo decía en broma como hacen las personas cuando conocen a alguien con el mismo apellido. Santiago la observó para estar seguro de que no eran primos de verdad. Enmarcando su rostro tenía las mejillas muy llenas, listas para sonreír. El cabello lo tenía suelto y era negro como la noche desde el cráneo hasta las orejas, y el resto era rubio teñido hasta los hombros. Y sus ojos se veían contentos y bondadosos. Al igual que los de su hija. Nadie en la familia de Santiago tenía los ojos así de felices. Ya no.

—¿Es de aquí? —preguntó para estar seguro.

—No. De Culiacán, cerca de la costa. ¿No te das cuenta al escuchar mi voz?

Él no había escuchado ese acento antes. Ella continuó hablando sin parar.

—Solo estamos de paso. Vamos para el otro lado, donde vive mi hermana. Ella y su marido tienen un restaurante y me pidieron que los ayudara.

—Qué bien. —Trató de ocultar la amargura en su voz. Tenían un lugar a donde ir y la querían a ella y a su hija ahí. Recogió de la mesa unos pedazos de calabacitas que se habían caído de su tortilla. Los aplastó con dos dedos antes de comérselos. No podía desperdiciar alimento ahora cuando sabía que su estómago estaría haciendo otra audición para una orquesta más tarde.

María Dolores continuó sin importarle que tenía la boca llena de comida:

—Si crees que esta comida es sabrosa debes probar la que cocina mi hermana. Yo te juro que le habla a los ingredientes y ellos le devuelven el favor convirtiéndose en una comida que canta. Yo no tengo ese talento, pero soy excelente probando la comida.

Santiago forzó una sonrisa y se metió en la boca el resto de la tortilla. La niñita, Alegría, le volvió a ofrecer su hueso, al que aún le quedaban varios pedazos de carne colgando, y otra vez él le dijo que no con la cabeza.

—Cómetelo, chiquitina. Ya estoy lleno —mintió con la sonrisa forzada pero sus pensamientos tomaron otro rumbo.

El otro lado. Podría conseguir un trabajo ahí. De acuerdo a los rumores que había escuchado, aún con el trabajo que pagaba menos por hora se ganaba más de lo que se hacía trabajando todo el día en México. La comida era abundante y los supermercados botaban la comida que se ponía vieja. Y lo mejor era que estaba lejos de ahí.

Se limpió la boca con la mano y pasó su lengua por sus dientes para estar seguro de que no tenía comida en ellos.

Echó los hombros hacia atrás y miró a María Dolores a los ojos.

—Yo quiero ir con ustedes dos. Al otro lado.

CAPÍTULO 4

Por primera vez en los quince minutos que hacía que la conocía, María Dolores permaneció muda.

—Quiero ir con ustedes —repitió Santiago—. Soy fuerte y rápido. Puedo ser útil.

—Estoy segura de que lo eres, pero yo no te conozco —dijo, sacudiendo la cabeza con tristeza, pesarosa y a su vez sincera—. Tú no me conoces.

—Usted es la persona más buena que he conocido en mucho tiempo.

—Parece que no conoces a mucha gente buena.

La miró sin pestañear.

—Es cierto que no.

—Es obvio pues nadie te da nada de comer. Toma, termina lo que queda. —Ella empujó el plato hacia él.

Santiago miró del plato a María Dolores sin saber que acción lo ayudaría a pasar la prueba. Quedaba un pedazo de tortilla. Recogió todo el caldo, los frijoles, el arroz y un tomate colocándolo todo encima de la tortilla y se lo dio a la niñita. Ella puso en el plato el hueso que había terminado de chupar, le dio un mordisco a la tortilla y se la devolvió a Santiago.

Él terminó las sobras de un bocado y echó el plato en la basura. Le devolvió al vendedor en la camioneta las dos botellas vacías de Coca-Cola y le pidió al hombre un par de toallas de papel mojadas antes de volver a la mesa.

—¿Quiere limpiarle las manos y la cara? —preguntó, señalando a la niñita que estaba cubierta con el caldo de la carne de cerdo.

María Dolores asintió:

—Qué buena idea.

Usó la otra toalla de papel para limpiar la mesa que estaba sucia y llena de manchas de comida que no eran de ellos. Estiró el brazo sobre la superficie para limpiar una mancha pegajosa.

—¿Qué es eso? —preguntó María Dolores señalando a su costado justo encima de su cadera que la camiseta había dejado al descubierto.

—No es nada —dijo mientras se bajaba la camiseta—. ¿Terminó con el papel?

María Dolores se limpió la boca antes de devolvérselo a

Santiago. Se llevó la basura para echarla en el latón teniendo cuidado de que no se le subiera la camiseta otra vez.

—¿Por qué quieres ir al otro lado? ¿Tienes algún familiar allí? —le preguntó María Dolores.

No, pero tampoco tengo a nadie aquí, le quiso decir. En su lugar, le dijo el primer cuento que se le ocurrió.

—Sí, mi tío. Necesita que lo ayude a atender la tienda. Es muy buena gente y tremendo trabajador, pero no tiene hijos y se está poniendo viejo, así que…

—¿No me digas? ¿Tu tío? —Empequeñeció los ojos y sacudió ligeramente la cabeza—. Déjame contarte algo, nene. Yo soy capaz de aguantar muchas tonterías, pero no el que me mientan en la cara.

Aún con los ojos empequeñecidos mantuvo contacto con los de él. Santiago la siguió mirando fijo. Mientras más crecía en su mente la idea de ir con ella al otro lado, más deseaba convencerla. O tendría que ir solo.

—Usted tiene razón. No conozco a nadie allí. Pero no voy a extrañar a las personas que conozco aquí. —Puso su mano cerca de su cadera y la movió cuando se dio cuenta de que María Dolores lo estaba observando. Metió las manos en los bolsillos—. No sé qué voy a hacer cuando llegue allí, pero creo que será mejor allá que aquí.

La mujer siguió observándolo. Los ojos se le entristecieron como si le recordara a alguien.

—Te creo. Y siento que las cosas sean así. ¿Cuántos años tienes?

—Cator... —comenzó a mentir por hábito antes de decir la verdad—. Perdón, tengo doce. Pero como soy alto la gente cree que soy mayor.

María Dolores le quitó un mechón de pelo negro del rostro a su hija.

—Yo me las estaba arreglando sola a los trece años, pero todos pensaban que tenía dieciséis. Sé lo que es eso.

Él no dijo nada. El silencio se mantuvo entre ellos hasta que ella lo rompió.

—¿Eres un criminal? —le preguntó, mirándolo intensamente para asegurarse de que no estuviera mintiendo.

—No.

—¿Está la policía o alguien buscándote?

—No he hecho nada ilegal. Nadie se va a dar cuenta ni le va a importar si yo no estoy.

Ella hizo un sonido en la parte de atrás de su garganta. Santiago sabía que ella estaba batallando con la parte racional de su mente que le decía que era una locura viajar con un muchacho desconocido a un país extraño.

—¿Le dije que soy fuerte? —Buscó en su mente las cualidades que la pudieran convencer—. Puedo cargar agua y comida extra, o cualquier cosa que necesite. Estoy acostumbrado a sobrevivir con muy poco. No como mucho.

—Es como si nunca te hubieran dado suficiente. Toma.

—Buscó dentro de su bolso y sacó una barra pequeña de chocolate y se la dio. Santiago la partió en tres pedazos y dejó que la niñita escogiera primero. Ella agarró el pedazo más grande como todos los niños harían; él escogió el pedazo más pequeño antes de que María Dolores lo escogiera ella misma.

Se sentó muy derecho y atento ante la mesa de plástico saboreando el chocolate mientras disfrutaba su dulzura al derretirse en su boca. Hacía años que no probaba un chocolate. Probablemente había sido en la piñata de cumpleaños de alguien. No de él. Su cumpleaños nunca se celebró.

María Dolores terminó de comerse el chocolate y le preguntó a su hija:

—¿Qué crees? ¿Te gustaría que Santiago viajara con nosotras?

En vez de responder, la niña se bajó de la silla y caminó hacia Santiago. Se detuvo con su tenis derecho extendido al frente de él.

—¿Me puedes atar el zapato, Santi?

—Claro, ¿con orejas de conejo? —Hizo dos lazos mientras recitaba la poesía que mami le había enseñado.

El conejo corre
En su hueco se esconde
Así el coyote
No se lo come.

Una vez que tuvo su zapato atado, Alegría se sentó sobre las piernas de su mamá y miró a Santiago con sus ojos grandes.

—A mí me gusta Santi, mami. ¿Él es mi nuevo hermano?

Los ojos de María Dolores se ensombrecieron. Después de respirar profundamente dos veces alzó su mirada y forzó una sonrisa.

—Ya veremos —dijo mientras besaba a su hija en la mejilla.

—Bueno, Santiago —María Dolores se levantó de la mesa. Se agachó y sacó de debajo de la mesa una bolsa plástica cuyas asas amenazaban con romperse por el peso de su contenido—. Necesitamos comprar varias cosas en el mercado antes de irnos en bus. ¿Sabes de un buen lugar?

—¡Definitivamente!

No tenía idea si pensaba incluirlo a él cuando dijo «irnos en bus». Ella no había dicho que no ni le había dicho que se fuera. Por el momento estaba bien así.

Santiago las llevó pasada la iglesia por un callejón estrecho donde los perros esqueléticos los miraban hambrientos. Unos minutos después llegaron a un mercado repleto de vendedores que sostenían artículos para vender mientras gritaban los precios. Caminar los tres juntos se hizo imposible en los pasillos estrechos y llenos de gente.

—¿Por qué no nos consigues unas provisiones?

—sugirió María Dolores parándose en un rincón después de que los empujaron varias veces—. Compra varios litros de agua y comida no perecedera. Pan de seguro y quizás algunas nueces si no están muy caras. Más chocolate marca Carlos V para mí. A Alegría le gustan los ositos de Haribo, mira a ver si tienen un paquete pequeño. Compra algo para ti también. Nos encontraremos allí.

Señaló hacia los vendedores que vendían ropa, bolsas y zapatos baratos y le entregó dos billetes de cincuenta pesos que sacó de su bolsillo.

Sus dedos restregaron el papel. Sabía que no eran falsos, pero le sorprendió de todas maneras. No era mucho dinero, pero nadie nunca le había confiado tanto. Si deseaba, podía correr a la estación del autobús e irse muy lejos con ese dinero. Tan lejos que nadie pudiera encontrarlo al fin.

Pero María Dolores confiaba en él. O el dinero era otra prueba. De todas maneras no la iba a decepcionar.

Primera parada, las nueces. Como eran pesadas y se vendían por el gramo resultaban caras. Tres vendedores, uno al lado del otro, vendían nueces y frutas secas.

—¿Cuánto es el maní sin cáscara? —le preguntó a los tres vendedores y todos contestaron lo mismo.

—Pero si compras medio kilo te doy diez gramos extra —le dijo el hombre que estaba en el centro señalando la pesa.

—Si me lo compras a mí, te doy veinte gramos de pasas

extra. —La mujer le enseñó un cucharón de pasas para que viera cómo brillaban al sol.

El otro vendedor sacudió su cabeza en negación.

—Bueno, medio kilo de maní y veinte gramos de pasas —asintió Santiago.

En la bodega calculó que cuatro botellas de litro y medio de agua eran más fáciles de cargar que una botella grande de casi el mismo precio. Compró pan de tortas de harina integral porque había oído que era más sano que el de harina blanca. Encontró unas latas de carne en conserva y de sardinas que estaban en oferta. Él nunca había comido sardinas, pero el precio era demasiado barato como para no aprovecharlo. Los dulces para María Dolores y Alegría eran baratos, así que se compró tres de sus caramelos preferidos.

Regresó al mercado con los brazos que le dolían del peso de todo lo que cargaba. Encontró a la madre con la hija probándose tenis y colocó las bolsas cerca de los pies de ellas. Del bolsillo sacó el vuelto: sesenta centavos. Pero eso no estaba correcto. Buscó en su bolsillo otra vez y encontró los diez centavos que faltaban. Quería estar seguro de que María Dolores no pensara que se había quedado con parte del cambio.

—¿Compraste todo esto con cien pesos? —ella miró hacia arriba pues estaba apretando la punta del zapato de Alegría para cerciorarse de que le servía.

—Sí. Hay medio kilo de maní que costó...

—No necesito el costo de cada cosa. Estoy impresionada. —Señaló hacia un estante con todo tipo de zapatos imaginables—. Quítate los zapatos.

—¿Los míos? —Santiago dio un paso hacia atrás sintiéndose asustado y vulnerable. Ella no le podía quitar los zapatos. Él los tenía desde hacía un año y habían sido de un primo. No era que le gustaran los zapatos como tampoco le gustaba el primo, pero habían estado con él por un tiempo. Además, no quería que viera los huecos de sus medias ni que se ahogara con la peste.

Ella ignoró su pregunta y le enseñó un par de tenis nuevos que eran blancos con el interior anaranjado.

—¿Qué te parecen estos?

Claro que le gustaban. Él nunca había tenido zapatos nuevos. Pero esto, lo de comprarle zapatos, era mucho. Él no se lo merecía. Y de acuerdo a su experiencia los regalos nunca venían gratis.

—No necesito zapatos nuevos.

—No me digas. Las suelas se te están cayendo como si tuvieran boca.

Miró los zapatos que se ponía todas las mañanas sin prestar atención. Observó que sus zapatos dejaban al descubierto sus medias sucias como lenguas enfermizas. Quizás zapatos nuevos eran una buena idea.

Se sentó en el banco y se quitó los zapatos con boca tratando de esconder las medias manteniendo los pies debajo del banco. Pero en un instante María Dolores había escogido un par de medias y se las había entregado. Se deshizo de las medias apestosas sin protestar y metió los pies en los tenis blancos y anaranjados. Sus dedos se movieron y sintió que los zapatos se amoldaban a sus pies.

—¿Te aprietan o te molestan?

Movió sus pies un poco más.

—Están perfectos.

—Bien. —María Dolores le entregó al vendedor los zapatos viejos para que los botara o los arreglara para venderlos según él deseara. Santiago movió sus pies de un lado al otro maravillado de lo cómodos que eran.

Además de los tenis, María Dolores compró tres mochilas nuevas. Cuando el vendedor le mostró el costo total Santiago por poco se desmaya. Abrió la boca para regatear el costo, pero María Dolores habló primero.

—Se le olvidó cobrarme por sus medias.

El hombre movió sus manos indicando que las medias eran un regalo, pero María Dolores insistió en pagar el costo total con las medias. Qué mujer tan extraña. Santiago nunca había conocido a nadie que no regateara. No parecía ser rica. Su ropa no era de marca ni tenía el recorte de pelo de las personas ricas. Pero tampoco lucía estar preocupada por el dinero. Muy extraño.

Quizás por eso se llevaban tan bien. Su mamá había sido una persona extraña también.

CAPÍTULO 5

María Dolores insistió en comprarle una gorra nueva, una camiseta, y un par de vaqueros además de los zapatos.

—No puedes andar con los tobillos expuestos —le dijo a Santiago, refiriéndose a los vaqueros que le quedaban cortos, y hasta él tuvo que aceptar que la camiseta que tenía puesta estaba muy sucia por la fiesta de fango que tuvo con sus primos y el haber dormido durante varias noches en la caseta abandonada. Su color original había desaparecido.

—¿Cómo puede permitirse ser tan generosa? —Las palabras se le escaparon de los labios sin pensarlas. Ahora sí que había metido la pata. Si había aprendido algo de sus familiares desagradecidos era nunca mencionar el dinero. Se preparó para tener que devolver los zapatos, la ropa y el viaje al otro lado, pero ella se rio.

—No soy rica —dijo señalando sus vaqueros y camiseta desteñidos—. Hace varios días que decidí dejar atrás mi vida antigua y vender aquello que ya no deseaba tener para hacer el viaje al norte de una manera u otra. Solo estoy comprando lo que necesitamos y espero continuar tomando las decisiones correctas para mantenernos a salvo.

Cuando ya tenían lo que necesitaban, María Dolores dejó que Santiago indicara el camino a la terminal de autobús. La ruta a la que accedió duraba cinco horas más que la ruta directa, pero se ahorraba treinta pesos. Entonces, compró dos tortas enormes y un panecillo para Alegría. Todas estaban repletas de diferentes carnes y mucha mostaza.

—La cosa es —dijo mordiendo su torta mientras esperaban sentados en sillas de plástico el autobús para el pueblo de Capaz—, aunque no tengo mucho, me gusta ayudar a las personas trabajadoras que se esfuerzan para mantenerse. Yo sé lo que es sobrevivir con muy poco.

—Yo trato de no aventarme de personas que tienen poco también — admitió Santiago complacido de que lo tratara como un igual, como un adulto—. ¿Dónde está Capaz? ¿Está en el otro lado?

—Casi. Es por donde vamos a cruzar. Nunca he estado

ahí pero mi hermana me advirtió que es como todos los pueblos en la frontera. Hay mucho crimen y corrupción.

—Se parece a mi familia — bromeó Santiago. Pero no era gracioso.

María Dolores alzó una ceja.

—Y también a la mía.

Una vez en el autobús Santiago vio pasar el pueblo que le era conocido. Con cada vuelta de las ruedas se sentía más ligero y contento de lo que se había sentido en mucho tiempo. Los autobuses habían significado el regreso a la casa de la malvada. Pero en este, él estaba viajando lejos, muy lejos. Si esta no era suficiente razón para sonreír, pues no había ninguna otra.

—¿Santi, me puedes leer esto? —Alegría sacó un libro para colorear de su nueva mochila marrón y rosada. Al final de cada página había unas oraciones que contaban la historia de los personajes. Le faltaban todavía varias hojas por colorear.

Él hojeó las páginas. Con la luz que desaparecía se hacía difícil distinguir las imágenes. Pero por lo que podía ver, no era un cuento muy interesante.

—¿Te puedo decir un secreto? —le susurró en el oído a Alegría. Ella abrió los ojos mientras asentía—. No soy bueno leyendo.

En realidad no podía leer. Según la malvada, Santiago nunca llegaría a nada así que no había tenido sentido gastar dinero educándolo. La mayor parte del tiempo se las arreglaba bien sin saber leer. Sabía cómo lucían los paquetes de comida y era muy bueno guiándose sin leer el nombre de las calles. Pero en momentos como los de ahora en que había un libro para leer y compartir, le hubiera gustado saber lo que decía.

—Yo puedo leer mi nombre —le dijo Alegría—. Y el de mami. Yo te puedo enseñar.

—Me encantaría. —Él sonrió mientras tomaba un mechón de pelo que se había salido de las coletas de ella y se lo echaba detrás de la oreja—. Bueno, ¿por qué no inventamos el cuento nosotros? Es acerca de dos osos, ¿verdad?

—Sí y le tienen miedo a una abeja.

—Exacto, porque la abeja cree que los osos le robaron la miel, pero en realidad ellos no se la robaron.

Continuaron su cuento añadiendo personajes y eventos que no aparecían en las imágenes hasta que llegaron a la última página en la cual los osos y la abeja estaban celebrando una fiesta con miel.

—¡Otra vez, otra vez! —Alegría gritó tan alto que su mamá abrió un ojo para comprobar que estaban bien y volvió a dormirse.

—¿El mismo cuento? — susurró Santiago.

—Sí, por favor —contestó Alegría en un susurro.

—Si eso es lo que quieres... —respondió suspirando

como si Alegría se fuera a arrepentir de volver a escuchar el mismo cuento otra vez. Pero no. Ella hizo que él le contara el cuento cuatro veces más añadiendo nuevos elementos con cada narración.

Cuando madre e hija estaban ya dormidas, Santiago se reclinó en el último asiento relajándose pero sin cerrar los ojos. Las luces de cada vehículo que pasaba le recordaban lo afortunado que era.

CAPÍTULO 6

Llegaron a Capaz a las tres de la madrugada. Santiago llevaba a Alegría cargada con los brazos de ella alrededor de sus hombros y su cabeza recostada en el cuello de él. Aún cuando él movía el peso de su cuerpo mientras seguía a María Dolores, que llevaba dos de las tres mochilas que estaban repletas y que habían sacado del último autobús, la niña no se despertó. Por un segundo extrañó a sus tres primos. Hasta cuando ellos chillaban y causaban alboroto durante todo el día, siempre se acurrucaban junto a él en la noche.

Entonces recordó los gritos y las acusaciones constantes de su tía. Ella nunca lo abrazó. Ningún adulto lo hacía ya.

La mayoría de los bombillos en el alumbrado de las calles estaban fundidos y otros estaban reventados, lo cual hacía desconcertante el recorrido por el pueblo desconocido. Por lo que podía ver, el pueblo consistía en chozas cerradas durante la noche. Rejas o planchas de metal cubrían las vidrieras. Santiago intentaba encontrar un lugar seguro donde pudieran pasar el resto de la noche, quizás un pasillo o un basurero que pudiera mantener a los ladrones alejados. Se escucharon dos tiros muy cerca. Santiago se acurrucó cerca de María Dolores intentando protegerla pero también queriendo que ella lo protegiera.

María Dolores miró su teléfono buscando dirección. Parecía que tenía un plan, aunque él no sabía qué era. Doblaron por una calle hacia una taberna con una luz verde parpadeante que alternaba entre palabras a media luz. Si era algo parecido a la taberna que su tío frecuentaba, tendría cerveza y camas.

El interior olía a alcohol derramado, vómito y personas sucias. El camarero, calvo excepto por algunos mechones sobre sus orejas, los miró interrumpiendo su conversación con el único cliente que había y les preguntó qué deseaban.

—Una habitación —contestó María Dolores. Santiago observó que el único hombre en el bar los miraba, enfocando especialmente a María Dolores. Esperaba que este lugar tuviera cerrojo en la puerta de las habitaciones.

—¿Cuántas camas? —preguntó el camarero.

—Dos.

El camarero sacó las llaves de debajo de la barra y le dijo a su camarada que regresaría en un minuto. Mientras se alejaban, Santiago podía sentir la mirada del otro hombre en sus espaldas.

Las escaleras crujieron. En cualquier momento se romperían y aterrizarían en medio del bar. Santiago movió a Alegría para que no se cayera.

El camarero señaló hacia el baño y el cuarto con la ducha.

—La ducha cuesta más y tienen que pedir las llaves en el bar. Yo soy el dueño. Si necesitan algo me llamo José.

Don José abrió la puerta de un cuarto con dos camas en forma de una L. No había espacio para más nada, solo para entrar. Les dio las llaves y María Dolores le entregó un billete doblado. Lo que ella se había gastado en Santiago era mucho más de lo que ningún miembro de su familia había gastado en él.

María Dolores tiró las bolsas sobre una de las camas y transfirió a Alegría de los brazos de Santiago a los de ella para llevarla al baño.

—Ponle cerrojo a la puerta y no dejes entrar a nadie —le susurró—. En un lugar como este las pulgas serán la menor de nuestras preocupaciones.

Santiago se quitó los zapatos y se dejó caer sobre la cama

que estaba libre. Crujió cuando él se movió, su fondillo se hundió en un hueco en el colchón, y olía a cigarrillos. Pero tenía una almohada. Él no recordaba la última vez que había dormido con una almohada, aun una tan plana como esta. Se mantuvo despierto hasta que ellas regresaron del baño y escuchó el sonido del cerrojo detrás de ellas.

CAPÍTULO 7

En el momento en que Santiago, María Dolores y Alegría entraron en el bar cesaron las voces de los clientes que estaban ahí a media mañana. Algunos hombres alzaron sus cejas y otros pestañearon. Santiago metió la mano en el bolsillo de su vaquero para sujetar su navaja. Él había visto esta mirada en perros listos para atacar a gallinas extraviadas.

—¿Sus mamis no les enseñaron que los malcriados son los que miran atentamente, sinvergüenzas? —dijo María Dolores en voz alta, pero Santiago observó que apretaba la mano de Alegría. Caminando firmemente fue hacia una mesa vacía y colocó las mochilas que ellos decidieron no dejar en la habitación. Una vez que María Dolores se sentó, Alegría se subió a sus piernas y escondió su rostro en el pecho de su mamá.

—Ella tiene razón. Debería de darles vergüenza a todos ustedes. —Don José surgió en las escaleras detrás de ellos—. Así que, o se comportan o salen de mi cantina.

Todos regresaron a sus conversaciones, pero Santiago sentía que los clientes que aún permanecían ahí después del desayuno los miraban de reojo.

El viejo caminó hacia la barra arrastrando los pies y les trajo café con leche y un plato con tres donas a su mesa.

—Yo no me meto —les susurró a ellos— pero yo no les confiaría nada a ellos, y mucho menos mi vida. —Recogió los platos de la mesa de al lado y la limpió mientras el cocinero traía comida de la cocina.

Alegría se desenroscó de su posición fetal pero no se bajó de las piernas de su mamá. Los pelos en el cuello de Santiago continuaban advirtiéndole.

Dos tipos en la mesa a la izquierda de ellos los observaban hablando en susurros, pero eran susurros demasiado altos si de verdad no querían que nadie los escuchara.

—Encontraron seis cuerpos en el desierto el otro día. Estaban fritos, crujientes. Fue ese Domínguez que les dice a esas personas inocentes que las puede llevar a un lugar seguro y después las abandona en el medio del desierto. Que Dios los bendiga —dijo el primer hombre con un acento pretencioso que solamente se encontraba en las telenovelas.

—La gente es realmente estúpida —dijo el segundo hombre, quejosamente.

Pretencioso se acercó aún más a su amigo, listo para divulgar un gran secreto.

—Tenemos dos espacios vacíos en la camioneta esta noche, pero creo que un par de personas de Puebla los van a ocupar.

—¿La nueva camioneta con aire acondicionado?

—Sí, y es un viaje seguro pues tiene chapas de Arizona.

—¿Recuérdame cuánto cobras? —preguntó Quejoso. Pretencioso se encogió de hombros y sacudió la mano.

—Ah, tú me conoces. Yo solo quiero ayudar a esta pobre gente a llegar a su destino. Estoy seguro de que podemos llegar a un acuerdo que sea satisfactorio para todos.

Santiago golpeó la mesa con su taza de café. No tenían que decírselo para saber que querían abusar de María Dolores. Ella empequeñeció los ojos, apretando en su mano lo que quedaba de su dona, lista para lanzarla a la cabeza de Pretencioso. Desgraciadamente, pensó Santiago, no lo hizo.

Otros dos hombres se levantaron de una mesa más alejada y se aproximaron a la barra para pagar lo que habían consumido. Al pasar junto a ellos uno dejó caer como sin querer un papel sobre la mesa. María Dolores lo leyó y lo arrugó en su mano.

Santiago se inclinó y habló como en un murmullo que ni siquiera Alegría, que aún estaba sentada en las piernas de su madre, pudo escuchar:

—¿Qué decía?

—Era una propuesta de matrimonio —susurró ella.

—¿Qué? —soltó Santiago en voz alta. La mitad de los hombres se viraron para mirarlos de nuevo.

María Dolores le lanzó una mirada feroz antes de contar el resto.

—Asegura que es ciudadano de los Estados Unidos y le gustaría casarse conmigo. Por un precio.

—¡Qué locos desgraciados! —Esta vez recordó decirlo en voz baja.

—Estoy de acuerdo. Ya terminé.

Pagó por el desayuno y cargaron sus cosas para volver a la habitación. Una vez en la recámara con la puerta trancada hablaron en voz baja. Del cuarto de al lado, podían oír todo lo que el vecino hablaba por teléfono.

—No sé qué hacer. —Con un suspiro de derrota María Dolores se dejó caer encima de la cama—. Mi hermana me dijo que una vez que llegara aquí sería fácil encontrar un coyote que nos llevara al otro lado de la frontera. Pero ella cruzó con el esposo. Detesto estar asustada, pero esto va a ser más difícil de lo que yo pensaba.

—A mí no me gusta este lugar, mami. —Alegría chupó lo que quedaba del azúcar de la dona de sus dedos—. Estos hombres no son buenos.

—Lo sé, mamita. —Besó la cabeza de su hija antes de virarse hacia Santiago—. ¿Cómo podemos encontrar alguien confiable?

Santiago se recostó contra la puerta cerrada.

—Bueno, ¿qué les parece esto? —dijo. La idea lo asustaba, pero mientras más le daba vueltas, más realista le parecía—. Yo puedo ayudar en la cocina, limpiar las mesas o lo que sea. Mientras me ocupe con estos quehaceres, los adultos ni van a notar mi presencia. Así, me podré mantener al tanto de lo que dicen para encontrar un coyote de confianza.

—El viejo no te va a pagar por trabajar — recalcó María Dolores.

—¿Y? Le digo que estoy aburrido y que usted quiere que salga de aquí por un rato.

El miedo se mezcló con la emoción. Él podía hacer esto.

María Dolores pasó sus dedos por las coletas de su hija.

—No sé.

—Va a funcionar. —Santiago asintió con la cabeza—. Esos hombres eran odiosos. Pero puede que más tarde lleguen otros que no lo sean. Yo los puedo observar y le dejo saber.

Ella suspiró pero accedió al plan.

—Yo nunca tuve un hermano, pero si lo hubiera tenido, me habría gustado que fuera como tú.

Apretó las manos de María Dolores y de Alegría y las soltó sin saber si había cruzado una barrera invisible.

—Ustedes también son muy buenas.

Se preparó para salir. En la puerta, su mano se alzó sobre el picaporte y se viró despacio. Madre e hija lo miraron.

—¿Van a estar ustedes aquí cuando yo regrese? —preguntó Santiago.

—¡Claro que sí!

—¿Me lo prometes? —susurró, tratándola por primera vez como una amiga y no como una extraña.

María Dolores metió la mano en su bolsillo y sacó una piedra de lava que estaba allanada en forma de un corazón aplastado. La colocó en la mano de Santiago.

—Esta piedra ha pasado por generaciones a través de mi familia y me la dio mi abuela antes de morir. Es lo más valioso que tengo y estaría desconsolada si se pierde. Guárdamela hasta que regreses y entonces me la devuelves.

Ella apretó los dedos de él contra la piedra. Le calentó la mano como si la lava aún retuviera su calor. El corazón de sus antepasados. Él no le creyó el cuento, pero era una piedra linda. Podía mantenerla a salvo por unas horas.

CAPÍTULO 8

Solo algunas cabezas giraron cuando Santiago bajó los últimos escalones de la escalera que rechinaba y solo fueron miradas indiferentes.

Sin preguntar a nadie, agarró una toalla húmeda de al lado de la barra y se dirigió a la mesa vacía que estaba más cercana. Amontonó los platos, limpió la superficie de la mesa, llevó la pila de platos a través de la puerta de la cocina y los colocó en el fregadero. Un recipiente de plástico le llamó la atención. Con él podía hacer menos viajes llevando más platos. Y pasar más tiempo escuchando. Alguien le había dicho hacía tiempo que era más fácil pedir perdón que pedir permiso.

—Mi hermana —le dijo al dueño usando la palabra extraña y sintiendo lo natural que era al salir de su boca— quiere tener un poco de privacidad y…

—¿Me has oído quejándome? —Don José llevaba platos con enchiladas, tacos, pozole y rellenos a un grupo grande de personas que estaban sentadas en una mesa—. Limpia esa silla también. Veo que hay cerveza goteando de ella.

Las conversaciones llegaban a Santiago de todas las direcciones. No les prestó atención a las que eran sobre miembros de la familia y la vida fuera de Capaz. Se enfocó solamente en las conversaciones sobre cruzar la frontera. Mientras movía el trapo de limpiar y el recipiente plástico de una mesa para la otra, nadie se fijaba en él.

Un hombre a la derecha de Santiago golpeó la mesa con el periódico.

—Lo que los pollos no comprenden es que no hay nada del otro lado. Nada de comida, ni agua, ni dónde guarecerse.

Su compañero asintió pues estaba de acuerdo.

—Es por eso que no necesitamos una muralla aquí. El sol se hace cargo de aquellos que no saben a dónde van.

—Oye, flaco —llamó un hombre diferente sentado en otra mesa al entrar un muchacho nuevo a la cantina—, pensé que te habíamos perdido en el desierto, hombre.

—Por poco sucede, imbécil. —Los dos se abrazaron como hermanos—. Los azules me recogieron y me metieron en la cárcel gracias a ti.

Santiago movió el recipiente hacia una mesa donde un muchacho no mucho mayor que él estaba borracho y lloraba como un bebé.

—Los cuerpos. Cuando cierro los ojos los puedo ver. Estuvieron ahí solamente por medio día y no habían ni siquiera cruzado la frontera.

—Por eso necesitan a alguien como tú que conoce el camino, que sabe cómo sobrevivir en el desierto. —Su amigo colocó otra cerveza enfrente de él.

El llorón tomó un trago.

—Pero yo no conozco el camino y no me quiero morir. ¡No puedo hacer esto!

—Seguro que sí lo puedes hacer. Ven conmigo un par de veces más y conocerás el camino en poco tiempo. Pero siempre es bueno enseñarles a los pollos los esqueletos para que sepan que no lo pueden hacer solos.

Santiago había escuchado lo suficiente. Cargando el recipiente sobre su cadera se dirigió a la cocina. Una persona que hablaba tan despiadadamente sobre unos cadáveres no era un coyote en quien se podía confiar.

—Descarga el recipiente y vuelve a salir. —Don José le señaló una mesa donde cuatro hombres estaban sentados frente a una pila de platos sucios. Estos hombres parecían ser hermanos pues tenían rasgos similares con ojos hundidos y mandíbulas cuadradas. Los recortes de sus cabellos indicaban que tenían dinero. La forma en que estaban sentados con los hombros hacia atrás mostraba la importancia que creían que tenían en el mundo. Un reloj de oro brillaba en la muñeca derecha de cada hermano.

Al igual que los otros, estos no dejaron de hablar cuando Santiago se acercó y comenzó a recoger los platos sucios. Era como si no fuera humano.

—Tenemos que hacer algo con respecto a Domínguez. Se ha pasado de la raya —dijo el hermano barbudo.

El hermano mayor, el que tenía más joyas, no le dio importancia al comentario.

—No creo que nos haya quitado mucho negocio. Sobre todo después de su incidente.

—Esa no es la cuestión —gruñó Barbudo—. Está arruinando toda la cadena de mando que hemos establecido.

—Otros lo ven y creen que no nos tienen que hacer caso y pueden ganar más por su propia cuenta —añadió el hermano más joven.

—Parece que a Domínguez hay que recordarle cuál es su lugar. —El último hermano que tenía la nariz rota hizo el ruido de una pistola que era disparada.

Un reloj de oro brilló cuando el hermano mayor golpeó la mano del otro.

—No, deja a Domínguez fuera de esto. Te guste o no, es familia.

—La familia de tu esposa —le recordó el más joven.

—Mi familia es nuestra familia. No te olvides de eso. —El hombre mayor se viró y con el dedo le indicó a don José que trajera tragos para todos.

Los tres hermanos más jóvenes no dijeron nada, pero

aún con la cabeza baja, Santiago pudo sentir las miradas que se cruzaron y que su hermano mayor no notó.

Como la mesa ya estaba vacía y limpia, Santiago se movió hacia la próxima justo cuando don José llegaba con las cervezas. La conversación cambió enseguida al bautizo de un bebé.

Sin terminar los tragos, los cuatro hombres de pronto se levantaron de sus sillas y se deslizaron hacia la cocina. El que tenía muchas joyas estuvo a punto de tumbar a Santiago al mirar sobre su hombro.

Oficiales con uniformes azul oscuro y botas negras brillosas entraron al bar. Dos de ellos llevaban rifles en las manos y el resto (Santiago contó siete) tenían revólveres en sus fundas. Los otros clientes, coyotes e inmigrantes, sacaron monedas y billetes arrugados de sus bolsillos y los dejaron sobre las mesas desapareciendo de forma desapercibida del bar. Algunos por la puerta del frente y otros por la puerta de atrás de la cocina.

Santiago recostó el recipiente en su cadera y se colocó al lado del dueño.

—¿Quiénes son estos tipos? —murmuró.

El viejo no alzó la vista de donde estaba contando las monedas que habían dejado en la barra.

—La migra. Agentes de la frontera.

Santiago tragó en seco.

—¿Nuestros?

Los agentes escogieron sillas y se sentaron. Los que llevaban rifles los colocaron sobre sus piernas. Las armas hicieron que Santiago se quedara congelado donde estaba parado.

—De ellos. Pero no te preocupes. No tienen jurisdicción oficial aquí. —Don José puso las monedas en su bolsillo.

Santiago observó a los oficiales de la migra. Sus rostros, una mezcla de color marrón y quemados por el sol, parecían estar relajados e impasibles pero también arrogantes pues sabían que las personas les temían aún fuera de su país. Una necesidad mayor de hacerse invisible se apoderó de Santiago. Nada bueno sucedía en la presencia de la policía. No importaba en qué división trabajaran o de qué país fueran. En su experiencia, una vez que eres policía, eres siempre un perro.

La migra saludó a don José con voces retumbantes pero totalmente incomprensibles. A veces Santiago podía distinguir algunas palabras en inglés: *hi*, *bye*, *thank you* y Coca-Cola. En otras ocasiones los acentos no le permitían ni siquiera entender esas palabras.

Santiago entró en la cocina tambaleándose con el peso del recipiente.

—Lava esas cazuelas por mí. —El cocinero señaló el montón que había colocado en el fregadero—. Cada vez que la gente usa mi cocina como vía de escape sé quiénes han llegado y todos comen como cerdos.

Menos de un minuto después, don José entró con suficientes pedidos como para alimentar a veinte personas. Santiago se apresuró restregando las cazuelas y los recipientes con un estropajo de acero antes de pasarlos otra vez al cocinero.

El dueño lo observó por unos segundos mientras comía varias cucharadas de un recipiente con sobras.

—No creo que nuestros platos hayan estado nunca tan limpios.

Santiago se encogió de hombros mientras colocaba un montón de platos en remojo antes de restregar la última cazuela. No sabía cómo contestar. La gente generalmente nunca notaba su trabajo ni le dirigían la palabra.

El dueño largó el recipiente y comenzó a freír rápidamente unas tortillas para enchiladas.

—Hay suficiente menudo por si estás hambriento. Esos de poca monta ahí afuera no se lo comen. Lleva unos recipientes arriba a tu hermana y a tu sobrina también. Todo lo que ustedes quieran comer.

¿Era esa una forma sutil para que se fuera? Pero los platos estaban sin terminar y los dos hombres ya estaban ocupados cocinando.

—Yo aún tengo trabajo que hacer —respondió Santiago.

—Un chile de todos los moles —dijo, alabando a Santiago—. Realmente lo aprecio.

★ ★ ★

La cantina fue aún más concurrida cuando la migra se fue y comenzaron a llegar los autobuses. Las personas que querían cruzar, en su mayoría hombres, aunque había algunas mujeres, adolescente y niños, se diferenciaban de los contrabandistas. Algunos estaban curiosos y callados, observando todo. Otros se quejaban de que habían pagado mucho dinero para quedarse en este basurero. A pesar de su comportamiento, todos mostraban señales de nerviosismo.

Ahora, con posibles clientes, los coyotes usaron todos los métodos de persuasión para que los contrataran: miedo, soborno y machismo.

—Se van a perder y se van a morir sin mí. No hay ningún pueblo en los próximos ciento cincuenta kilómetros una vez que cruzan la frontera.

—No ha llovido durante meses y hace tanto calor como para freír un huevo en su cabeza calva. Pero yo voy a llevar una botella extra de agua específicamente para usted.

—Solo los más fuertes y resistentes pueden sobrevivir en el desierto. Yo no sé si tienes la suficiente resistencia para poder lograrlo.

Un hombre con un bigote negro que estaba sentado en una banqueta en la barra le hizo señas a Santiago para que se alejara de los depredadores. Al principio Santiago fingió que no lo notaba. Durante todo el día ningún cliente le había prestado atención excepto para darle un vaso vacío.

Pero cuando el hombre le volvió a hacer señas, Santiago fue hacia él con el recipiente pesado lleno de platos sucios aún en sus manos.

—Eres nuevo —dijo el hombre mirándolo de arriba a abajo.

Santiago se encogió de hombros.

—Ya era hora de que José buscara ayuda extra aquí —continuó el hombre.

Santiago permaneció en silencio. Había limpiado la barra y había recogido todos los platos sucios. Según él, no había nada que el hombre pudiera querer de él.

Al hombre no le importaba. Señaló con la mandíbula hacia la cocina.

—¿Sabes si el cocinero hizo menudo hoy?

—Ey. —Santiago al fin encontró su voz.

—Bueno, fíjate si hay suficiente como para llenarme el plato. —Lanzó una moneda de un peso sobre la barra hacia Santiago.

Santiago embolsó la moneda sin pensarlo.

La cazuela con el menudo estaba en la esquina de la estufa donde se mantenía caliente sin ocupar una hornilla.

—Hay un hombre que quiere el menudo y don José está arriba. ¿Está bien si se lo doy? —le preguntó Santiago al cocinero.

Como respuesta el cocinero calentó rápidamente dos tortillas en una plancha, virándolas cada cinco segundos con sus dedos y las colocó en el plato que estaba junto al de sopa.

No se derramó ni una gota del menudo cuando Santiago lo colocó en la barra delante del hombre del bigote.

—Deseo una Coca también.

Santiago sentía que era imponente ir detrás de la barra. Pero la nevera con los refrescos zumbaba a plena vista. No tenía que rebuscar para encontrar una Coca-Cola.

—Gracias, chico. —El hombre colocó un billete arrugado de cincuenta pesos sobre la barra.

¿Qué debía hacer con esto?

—Don José bajará en unos minutos y traerá la cuenta. —Fue a buscar un plato que quedaba y por poco lo tumba un vaquero entrando por la puerta endeble de tela metálica.

El vaquero estuvo ahí parado por unos minutos observando el lugar. Vestido con lo que lucía ser su mejor ropa —botas brillosas, vaqueros negros, camisa tan blanca que casi lo ciega y sombrero beige de vaquero— el hombre lucía listo para ir a una boda o a un funeral. Santiago señaló hacia unos espacios vacíos, pero el vaquero continuó buscando a la persona que había venido a ver.

—Busco a Domínguez —dijo el vaquero al fin—. ¿Dónde se encuentra?

El hombre del bigote se viró despacio en la banqueta hasta que sus codos descansaron sobre la barra detrás de él. Los cincuenta pesos ya no estaban en la superficie.

—Depende de a quién le preguntas. ¿Por qué lo estás buscando?

El vaquero caminó hacia el hombre con bigote y se dejó caer en la banqueta al lado de él.

—Cruzó a mi hermano y a mi sobrino hace unos meses. Pero desde que yo llegué, todos dicen que Domínguez tiene más muertos que todos los otros coyotes juntos.

El hombre del bigote tomó su Coca-Cola y asintió.

—La gente cree lo que quiere. A veces la verdad es subjetiva.

El vaquero frunció el ceño debajo del ala de su sombrero.

—¿Qué significa eso?

—Significa que, si piensas de una manera y otra persona piensa de manera distinta, no quiere decir que los dos no puedan tener la razón. —Alzó la Coca-Cola hacia el vaquero haciendo un brindis antes de tomar un sorbo.

Pasaron varios segundos antes de que el vaquero sacudiera su cabeza.

—Usted habla en adivinanzas. ¿Sabe dónde puedo encontrar a Domínguez o no?

El hombre del bigote se encogió de hombros.

—¿Si te digo vas a confiar en él para cruzar?

—Quizás. No lo sé —suspiró el vaquero.

—Pues piénsalo. Si lo quieres contratar yo sé dónde lo puedes encontrar. Si decides que no es el guía para ti, pues ninguno de nosotros perdió nada. —El hombre del bigote alzó la botella vacía de Coca-Cola hacia Santiago indicando que quería otra.

El vaquero se levantó para irse. Pero comenzó una danza de regresar a la banqueta de la barra antes de cambiar de opinión, ir hacia la puerta, sentarse un par de veces más antes de irse del bar.

—Pobrecito. No sabría cuál inodoro usar si se cruzara con dos, uno al lado del otro —dijo el hombre del bigote con una sonrisita cuando Santiago colocó la segunda botella de Coca-Cola frente a él.

Santiago regresó detrás de la barra y usó el trapo para limpiar algo que se había derramado y que no había notado desde el otro lado.

—Entonces, ¿usted es Domínguez?

El hombre del bigote abrió la tapa de la botella y tomó otro trago antes de contestar.

—Es posible. Al fin y al cabo, es un nombre común.

La danza indecisa del vaquero demostró que no había sido tan alocada después de todo. Santiago podía ver el riesgo. Después de todo, los rumores surgen de la verdad. Pero de la conversación que Santiago había escuchado de los tipos con los relojes de oro parecía que odiaban a Domínguez porque no seguía sus reglas.

No seguir las reglas no hace a nadie ser malo, sobre todo si las reglas son injustas.

Este hombre, Santiago se dio cuenta, tenía experiencia. Esto era obvio en la confianza que tenía en sí mismo y su actitud de estar en control de la situación. En la mente de Santiago esto indicaba que sabía hacer su trabajo. Él podía llevarlos al otro lado. Tampoco se aprovechaba de los pollos como los otros y era el primer coyote que no hacía que se le erizara la piel. No le gustaba admitirlo, pero Domínguez había sido el único cliente que lo había visto como una persona.

¿Pero era todo esto suficiente como para poner en sus manos su propia vida y las de María Dolores y Alegría?

—¿Usted nos podría llevar a nosotros al otro lado? —Santiago preguntó sin estar convencido y queriendo saber más.

—¿Quiénes son nosotros?

—Yo y mis hermanas. —Se dio cuenta de su error en cuanto lo dijo. Si querían que la mentira fuera creíble, él tenía que decir que Alegría era su sobrina como don José había asumido. Aunque nunca había tenido ni hermana ni sobrina le gustaba cómo sonaba al decir que tenía dos hermanas. Se sentía mejor.

—¿De que edades?

—Diecinueve y cinco.

Más o menos.

Domínguez sacudió la cabeza.

—No me gusta llevar niños tan pequeños. Es peligroso. No pueden correr aprisa.

—Entonces cree que sería mejor ir con otra persona —dijo Santiago con desaliento pero Domínguez lo interpretó como una táctica para regatear.

—No, desgraciado. —Domínguez sacudió su cabeza—. Eres un chico listo. ¿Lo sabes? Tuerces las palabras para conseguir lo que quieres. Te pareces a mí.

Domínguez volvió a tomar de su Coca-Cola antes de regresar a hablar con Santiago.

—Mira, este es el trato. Cruzar con una niña de cinco años es difícil. No te voy a mentir. Ustedes pueden morir tratando de salvarla. Existe la posibilidad de que se mueran aún sin tenerla a ella.

Cruzar sin Alegría significaba ir sin María Dolores y él no estaría aquí si hubiera estado solo.

—Somos los tres o ninguno. —Esta vez Santiago comprendía lo que esto indicaba. A él no le gustaban ni confiaba en ninguno de los otros coyotes que frecuentaban el bar, pero esto no significaba que no hubiera otras opciones.

Domínguez sacó de su bolsillo un paquete de cigarrillos y un encendedor. Después de la primera chupada se volvió hacia Santiago.

—Creo que a ti y a tus hermanas les va a ir mejor yendo conmigo que con ninguno de esos rufianes que creen que el norte es derecho hacia las nubes.

Santiago sonrió al alzar la vista de su lugar de trabajo que ahora estaba limpio.

—¿Eso significa que nos va a llevar?

Domínguez gruñó.

—Lo voy a considerar. Pero yo no trabajo de gratis. Son nueve mil quinientos pesos por persona.

El estómago de Santiago se contrajo como si alguien lo hubiera golpeado en las tripas. ¿Tanto? ¿Por cada uno? Había estado tan desesperado por dejar su vida pasada que se había olvidado de que había que pagar una tarifa para cruzar. María Dolores debía de haber asumido que él tenía el dinero para poder cruzar. Por primera vez en su vida estuvo de acuerdo con la malvada: él era un lentejo que mendigaba y no valía nada. Esperaba algo a cambio de nada.

Santiago ocultó estos pensamientos mientras asentía indicando que no esperaba que fuera barato.

—Mi hermana mayor se ocupa del dinero. Está arriba. ¿Le puedo decir que baje?

El vaquero regresó. Las suelas de sus botas sonaban con determinación pisando fuerte mientras se dirigía hacia ellos.

Domínguez suspiró y retorció los ojos hacia Santiago mientras murmuraba.

—No me gusta la situación pero búscala antes de que yo cambie de opinión como este idiota.

CAPÍTULO 9

El cocinero apresuró a Santiago para que terminara de comerse el menudo y así vaciar la olla. Había suficiente para llenar dos platos de sopa. Santiago limpió con una tortilla de harina los lados de la olla y se la comió mientras el cocinero calentaba más tortillas para colocarlas en los platos debajo de los platos de sopa. Santiago subió despacio las escaleras teniendo cuidado de no derramar ni una gota. Se detuvo frente a la puerta de su habitación. Había salido sin llevarse la llave y tocar a la puerta con dos platos de sopa era imposible.

—María Dolores, soy yo. Abre por favor. Traje almuerzo.

No hubo respuesta.

No se oyeron pasos caminando hacia la puerta.

La puerta del baño estaba entreabierta y no se oía el

ruido del agua saliendo del cuarto con la ducha.

Se equilibró en un pie mientras usaba el otro para tocar a la puerta llamando otra vez. Un poco de caldo se derramó del borde del plato y le quemó el pulgar.

Pero nadie respondió.

—¿María Dolores? ¿Alegría? —Se ahogó con las palabras o quizás fue con el silencio que siguió.

Lo habían dejado, abandonándolo aún después de ese cuento estúpido de la piedra de lava. Siempre pasaba lo mismo. La gente se cansaba de tenerlo cerca. Debería estar acostumbrado a esto. Pero hacía mucho tiempo que alguien que a él le gustaba lo dejaba. Dos personas con las cuales él había comenzado a encariñarse. Esto le mostraba que la única persona en quien él podía confiar era en sí mismo.

—Santi, aquí.

Se viró tan rápido que la mitad del menudo se derramó de los platos de sopa que él aún sostenía. Por el pasillo oscuro venía Alegría corriendo hacia él con María Dolores sonriendo detrás de ella. La niña se abrazó a sus piernas.

—José nos mudó a un cuarto mejor. ¿No te lo dijo?

Santiago sacudió la cabeza sin animarse a hablar.

—Este tiene una ventana más grande y espacio para una jarra con agua y un espejo. Estamos hablando de una *suite* de lujo. —Con las manos extendidas para cargar los platos de sopa, María Dolores paró en seco—. ¿Qué te pasa? ¿Estás llorando?

Sacudió la cabeza otra vez y mantuvo el rostro bajo para que ella no lo viera.

—Ay, cariño. —Le dio a Alegría un plato de sopa y sostuvo el otro mientras extendía su brazo libre para ponerlo alrededor de los hombros de él—. Todo está bien. Estamos aquí.

Le hizo señas para que las siguiera por el pasillo hacia la habitación nueva y luminosa. La luz cegadora le ofreció la oportunidad de cerrar los ojos por unos segundos. Respiró profundamente dos veces antes de restregarse los ojos abriéndolos.

—Come. La comida se está enfriando. —Se recostó en la ventana abierta. El sol iluminó la parte de arriba de su cabeza y el callejón donde dos gatos hurgaban en la basura.

Se apartó de la vista y se acurrucó en la cama que estaba más lejos con la espalda contra la esquina y los brazos sobre su cabeza.

—Encontré un coyote, pero cobra una fortuna. Si lo puedes costear váyanse ustedes dos. Yo me quedo aquí. Creo que don José me dejaría trabajar a cambio de cama y comida.

María Dolores comenzó a decir algo, pero se detuvo. El sonido de las cucharas en los platos de sopa llenó el cuarto. Después de varios minutos sintió que algo jalar su camisa y miró hacia arriba. Alegría aprovechó para colocarse en su regazo.

—Santi, ¿conoces a Princesa?

—¿No? —La respuesta salió como una pregunta. Lo que él pensaba que Alegría iba a decir no era eso.

—Mírala aquí. —La niña señaló al espacio vacío al lado de ellos en la cama—. Es mi mejor amiga pero solo habla en unicornio.

Santiago se enderezó y estiró su mano para que el unicornio invisible se la oliera.

—Es muy bonita.

Alegría se recostó aún más contra el pecho de Santiago. Sus dedos se movieron por las coletas de la niña, listos para deshacer cualquier cabello enredado.

—Sí —Alegría asintió—. Pero ella está un poco asustada.

—¿Por qué está asustada Princesa? —le preguntó.

—Piensa que te vas a olvidar de ella.

Así que Alegría comprendía lo que tenía que suceder, lo que él tenía que hacer. Él no se olvidaría de ella, de ninguna de las dos. Pero era mejor que Alegría se olvidara de él.

—¿No sabías que está bien estar asustado? —Eran las palabras de su mamá, pero él se las había dicho varias veces a sus primos para que se sintieran bien—. Estar asustado significa que tienes sentimientos, que te importan los otros. Y como te importan, puedes ser valiente. Yo sé que Princesa está asustada pero también es muy valiente, ¿verdad que sí?

—Sí.

Un brazo rodeó los hombros de Santiago. Su cuerpo se puso tenso cuando María Dolores descansó su cabeza contra la de él. De las cabezas de las dos salía un olorcillo a champú de frutas.

—Creo que debes recordar tus propias palabras —susurró María Dolores en su oído—. Está bien tener miedo y que algo te importe. Eso es parte de ser valiente.

Le vinieron palabras para discutirle ese punto; eso no era lo que él quiso decir en absoluto. Además, solo lo había dicho para consolar a la niña de cinco años.

Sintió la necesidad de huir de ahí, pero estaba atrapado. Al final se iba a tener que ir, pero unos minutos más no harían diferencia.

—¿Realmente te quieres quedar trabajando en el bar? —María Dolores habló en voz baja con la cabeza aún recostada contra la de él.

—No. —Levantó a Alegría de su regazo y se levantó de la cama pues era incapaz de tenerlas tan cerca más tiempo—. Pero te tienes que ocupar de ustedes dos.

—¿Cuánto dinero quiere el coyote?

—Nueve mil quinientos pesos por persona.

—¿Y?

—Eso es diecinueve mil pesos.

—Nueve mil quinientos multiplicado por tres es veintiocho mil quinientos.

—Por eso. No te puedes gastar todo ese dinero en mí.

—Mira. —María Dolores se levantó de la cama y sostuvo la barbilla de Santiago con la mano para que la mirara—. Tú dijiste que querías venir con nosotras y yo estuve de acuerdo. Esto es parte del trato. Yo sabía lo que significaba. Pero déjame decirte una cosa, si quieres quedarte con nosotras, tienes que dejar de pensar que te vamos a abandonar en cualquier momento.

Él trató de girar la cabeza, pero la mano de ella continuaba sosteniendo su barbilla. Evadió su mirada.

—Es que...

Ella sacudió la cabeza.

—No me importa. Nos cuidamos unos a los otros. Tú encontraste un coyote y yo me hago cargo de las finanzas. Ya verás que todo saldrá bien.

—Pero dijiste que no eras rica.

—No lo soy —asintió—. Yo comencé a trabajar a los ocho años y a los trece me echaron de la casa. He tenido que trabajar duro casi toda mi vida y he tenido que aguantar muchas cosas malas para poder llegar a donde estoy. Pero sé que el dinero no lo es todo. No compra ni la felicidad ni el amor. No me lo puedo llevar cuando me muera. Es mejor usarlo mientras lo tenga. Si no, ¿qué sentido tiene?

Él se esforzó en comprender la lógica de esto. Toda su

vida había escuchado que él era una carga, que era costoso darle de comer y vestirlo. Pero María Dolores parecía indiferente con respecto al dinero. No tenía sentido.

—No tienes que comprender lo que estoy diciendo. —El tono de María Dolores se suavizó—. Solamente quiero que sepas que yo soy la que decide cómo gasto mi dinero. Si eso significa lograr que los tres crucemos la frontera, pues lo hago porque pienso que vale la pena. Que tú vales la pena.

Él comprendió que no iba a lograr nada no estando de acuerdo. Lo que iba a hacer era sencillo. Las ayudaría a cruzar al otro lado. Una vez allí iría a alguna ciudad rica y conseguiría un trabajo que le pagara miles de pesos al día para reembolsarle a ella el dinero. Dicen que todo es posible en el otro lado si una persona trabaja para lograrlo.

—Tienes que venir con nosotras, Santi, tienes que venir. —Alegría le abrazó las piernas sentándose sobre sus pies.

Él asintió.

María Dolores sonrió y le dio un empujón afectuoso en el hombro.

—Dime, ¿quién es ese coyote que nos va a llevar a los tres? No me digas que es el tal Domínguez.

CAPÍTULO 10

El sol brillaba con fuerza y hacía mucho calor al día siguiente cuando se amontonaron en el coche antiguo y oxidado de Domínguez. El vaquero indeciso estaba sentado adelante con Domínguez aún vestido con su mejor ropa como si fuera para una cita. Otro hombre, Luis, de Centroamérica a juzgar por su acento, estaba en el asiento de atrás con Santiago, María Dolores y Alegría. La niña tenía su propio espacio porque María Dolores había dicho que era peligroso que fuera en su regazo. Un matrimonio, Tano y Vivian de la ciudad de Chihuahua, estaba en el asiento que miraba hacia atrás del coche. A pesar del sol intenso, Domínguez había prometido que el auto funcionaba con aire acondicionado cuatrocientos: si bajaban las cuatro ventanillas y conducían a cien kilómetros por hora, tendrían aire acondicionado.

Antes de dejar Capaz, don José llamó a Santiago y lo sacó a un lado.

—Has sido una gran ayuda. Si te acuerdas, mándame una tarjeta postal de donde estés en el otro lado.

Santiago apartó su mirada.

—¿Y si no lo logramos?

Don José no hizo caso a esa posibilidad.

—Ustedes van a estar bien. Ya sabes que yo no me meto, pero Domínguez es uno de los pocos que son buenos. Lo he observado toda su vida. Conoce muy bien el desierto y sobre todo sabe cómo sobrevivir en él. Hazle caso y te llevará al otro lado a salvo.

Les entregó tres helados del congelador detrás de la barra. Debajo de una de las paletas don José incluyó un papel doblado, verde, descolorido. Tenía la foto en el centro de un tipo blanco que lucía anticuado y unos números que Santiago reconoció: $20. Pero no se parecía en nada a los billetes con colores que él estaba acostumbrado a ver con el fondo blanco y tinta roja y azul y un Benito Juárez más moderno a la derecha.

—¿Está seguro? —preguntó mientras don José se dirigía hacia sus clientes. Por lo que Santiago había oído, este billete valía mucho más que veinte pesos mexicanos.

Don José empequeñeció los ojos y miró a todos los lados de su bar recordándole a Santiago que podía haber alguien escuchando.

—Nadie compra la frambuesa. Es muy exótica.

Tenía razón. Santiago había escuchado sobre la frambuesa, pero no la había probado de ninguna forma. Comenzó a ponerse en el bolsillo los veinte dólares, pero cambió de opinión. Así sería fácil perderlos o que se los robaran. Dejó caer al suelo una de las barras de helado. Al ir a recogerla colocó el billete dentro de su media.

Ahora en el auto con las paletas que hacía rato que se habían comido, aunque Alegría tenía la evidencia como pintura de labios roja, Santiago sentía que su pie sudaba donde tocaba el billete. Pero el resto de su cuerpo se sentía cómodo a pesar del aire caliente que entraba por las ventanillas abiertas.

—Nos estamos dirigiendo al oeste en vez de al norte —dijo el vaquero que estaba sentado al frente cuando dejaron la carretera principal y doblaron en un camino de tierra con surcos.

—Tienes razón —asintió Domínguez—. Nos dirigimos hacia el oeste.

—Pero necesitamos ir hacia el norte —insistió el vaquero—. Le dicen El Norte por esa razón.

—¿Y no crees que nos estamos dirigiendo hacia el oeste por alguna razón? —respondió Domínguez señalando el camino de tierra.

—Nos está llevando por un camino perdido a propósito, antes de abandonarnos —lo acusó el vaquero—. Nos va a abandonar para que nos muramos como hizo con los otros tipos.

Vivian, la mujer sentada en la parte de atrás, preguntó:

—Nos podría decir, por favor, señor Domínguez, ¿qué sucedió con esas otras personas que se murieron?

Domínguez encendió un cigarrillo y le dio una chupada antes de responder.

—Los rumores dicen que yo los abandoné. En realidad ya se estaban muriendo. Trajeron cerveza en vez de agua para celebrar el haber cruzado. Todos saben que el alcohol te deshidrata. Hubo una tormenta de polvo durante todo un día. Con eso y el calor, ya sabía que no iban a lograr caminar más. Me fui a buscar ayuda, diciéndoles que se mantuvieran a la sombra de unas rocas grandes. Regresé más tarde y me los encontré esparcidos por el lugar muertos por estar expuestos. Nadie podía haber hecho nada, y muchos ni siquiera se hubieran tomado la molestia de regresar a buscarlos.

—Usted debió de haberse muerto con ellos. ¡Asesino! —gimió el vaquero.

Domínguez frenó de cantazo casi lanzando al vaquero por el parabrisas. María Dolores se sujetó del espaldar del asiento y extendió el otro brazo para proteger a Alegría y a Santiago del impacto para que no se golpearan. Luis, el hombre sentado al lado de Santiago, se golpeó la cabeza contra el asiento de Domínguez. Solo la pareja en el asiento de más atrás que estaba a la inversa no fue sacudida.

El cigarrillo de Domínguez se cayó a la tierra cuando salió de golpe del coche y caminó alrededor del auto para abrir la puerta del pasajero.

—Sal.

El vaquero se movió nervioso mientras observaba el panorama desierto. Los arbustos y las rocas solo ofrecían unos centímetros de sombra. No había señales de civilización en ninguna dirección. Su cuerpo se apretó contra el cinturón de seguridad.

—No puede hacer eso. No me puede abandonar. Yo le pagué.

Domínguez sacó un rollo de billetes de su bolsillo y lo sostuvo frente a la nariz del vaquero.

—Si crees que soy un asesino, llévate el dinero y sal.

—Lo siento. Por favor, no. No quise decirlo. Por favor, no me abandone aquí —sollozó el vaquero.

—Entonces cállate ya y no finjas que sabes hacer mi trabajo mejor que yo. La próxima vez que tenga que parar el auto te voy a sacar a patadas. —Domínguez pateó una piedra como demostración.

—Con permiso, señor Domínguez —dijo Vivian. —Ya que hemos parado ¿está bien si yo orino aprisa?

Domínguez murmuró varias malas palabras antes de asentir con la cabeza.

—No vas a tener mucha privacidad, pero toma cinco minutos. Después de eso, me voy.

El matrimonio salió de la parte de atrás junto con Luis, y María Dolores se apresuró llevando a Alegría. Santiago salió del auto sólo para alejarse del vaquero que permanecía con el cinturón de seguridad abrochado.

Domínguez sacudió el polvo del cigarrillo que se le había caído y caminó varios metros alejándose del auto. Se movía en un círculo tratando de prenderlo de nuevo, pero aún con la espalda contra el viento no lo lograba. Notando su desaliento Santiago caminó hacia él y puso sus manos alrededor de la llama. Unos segundos después el humo salió del bigote que cubría la boca de Domínguez.

—Yo sabía que me habías caído bien —dijo en agradecimiento. Le ofreció un cigarrillo a Santiago, pero él sacudió la cabeza. Los cigarrillos le recordaban a la malvada.

Observó el panorama desierto del norte de Chihuahua. Tierra, arena y piedras dominaban el paisaje más que la vegetación. Aun el cactus y otros arbustos de espinas escaseaban en esta área. Un par de pájaros volaron sobre ellos que sabían dónde encontrar lo que necesitaban para continuar viviendo en el desierto.

—Quizás yo también debería orinar —dijo una vez que Domínguez había fumado la mitad de su cigarrillo—. ¿Cuán lejos estamos de la frontera?

Esperaba que la pregunta fuera parte de la conversación en vez de una exigencia.

—Más o menos a un kilómetro. —Domínguez continuó echando más humo—. Pero vamos a seguir bordeándola como una hora más. Alrededor de Capaz hay demasiados ojos y oídos. Sé de un tipo que lleva a sus pollos directo a la patrulla de la frontera en el otro lado. Y la migra los lleva de regreso a México. Pero el desgraciado tiene el dinero de esa gente y un viaje de regreso gratis a su casa. A él qué le importa. Lo hace difícil para el resto de nosotros que estamos tratando de mantenernos. —Domínguez movió su cabeza en señal de disgusto. Santiago asintió simpatizando con él.

—¿Eso quiere decir que esas montañas están en el otro lado? —Señaló hacia el norte a un grupo de montañas que estaban a la distancia.

Domínguez dio otra chupada al cigarrillo y asintió.

—Sí, esas están en Nuevo México. Son muy empinadas y peligrosas de cruzar, pero son la vía más directa hacia Valle Cobre del otro lado. Es un viejo pueblo minero. Estaremos ahí en dos o tres días. Como es difícil cruzar desde este lado, la migra generalmente no se preocupa con ese lugar. No hay bus ni existe recepción para los teléfonos celulares en ese valle. Pero tienen un teléfono público que funciona. Llamas a alguien para que te vaya a buscar y estarás en casa sano y salvo.

—¿Vamos a ese lugar? —Santiago observó las montañas

estudiando la forma que tenían y los riscos. Había una parte que tenía una roca que subía derecho como si algo le hubiera quitado una lasca. Pero también se imaginó un pueblo del otro lado con gallinas y chivas esparcidas alrededor del teléfono que estaba delante de una choza que vendía tentempiés a sobreprecio y vencidos.

—No estoy seguro. Depende de la pequeña.

Las defensas de Santiago se dispararon.

—Ella es más fuerte de lo que parece. No voy a dejar que nada le suceda a ninguna de ellas.

—Por lo que he visto, te creo. —Domínguez tiró el cigarrillo en la tierra y caminó hacia el auto—. Terminó el *break* de orinar. Tienen treinta segundos para regresar al auto.

Pequeñas cenizas del cigarrillo encendidas chisporroteaban en la hierba seca. Santiago las aplastó con el pie antes de unirse a los demás.

El vaquero no se había movido de su asiento, aún con el calor asfixiante del coche solo se abanicaba con su sombrero. Domínguez lo miró y sacudió la cabeza.

—Cambia de asiento con el muchacho. Prefiero tenerlo a él de copiloto.

El vaquero no se movió.

Domínguez lo agarró por el cuello de la camisa manchando su ropa inmaculada.

—No lo voy a volver a decir.

El vaquero se apresuró para quitarse el cinturón de seguridad, pero en vez de salir por la puerta abierta gateó sobre los asientos pues temía que si salía de la camioneta no fuera a poder volver a entrar. Santiago no dudó que la idea había cruzado la mente de Domínguez.

Santiago sintió un poco de culpa mientras se ponía el cinturón de seguridad en el asiento de adelante. Aquí tenía suficiente espacio para las piernas y buena circulación de aire. En el asiento de atrás había ahora tres adultos y una niña. María Dolores no confiaba en el vaquero y se sentó entre él y Alegría. La niña, cuyos pies no tocaban el suelo del coche, tenía suficiente espacio mientras que su mamá en el medio no.

—Lo siento — murmuró Santiago, pero María Dolores no le dio importancia.

Una vez que el coche volvió a arrancar, Domínguez comenzó a platicar con Santiago como si ellos fueran los únicos ahí. Señaló la planta vellosa llamada gordolobo que podía ser utilizada como papel de inodoro y le advirtió que no se comiera los nopales de los cactus pues tienen que ser cosechados de forma correcta para evitar que las espinas se claven en la boca y la lengua.

—¿Puedes ver esos dos dedos que sobresalen en la cordillera de montañas? Abajo, en medio de las dos rocas, hay un cañón con una cueva. Pronto nos desharemos del auto para cruzar la frontera y así deberíamos llegar a la cueva esta noche. Ahí vamos a pasar el calor del día de mañana. Es más difícil ver, pero viajando de noche evitamos el calor.

El sol aún brillaba intensamente en el cielo. Santiago calculó que todavía faltaban dos horas antes del atardecer. Y después toda una noche antes del amanecer. Los dos dedos en la cordillera de montañas por los que Santiago había preguntado antes estaban mucho más lejos de lo que él había pensado.

—¿Y después? — preguntó Santiago tratando de añadir más a su mapa mental.

—Y entonces... ¿Pero qué...?

Una nube de polvo se levantó detrás de ellos y de ahí surgió un todoterreno blanco. Domínguez aceleró rápidamente sacudiendo a todos en la vieja camioneta. En el asiento de atrás Alegría comenzó a llorar con miedo y algunos adultos también.

Próximo a la tierra y en un camino con surcos, el coche viejo de Domínguez no podía competir con un todoterreno moderno que estaba construido para conducir en este tipo de lugar. Con una facilidad tremenda, el todoterreno los alcanzó rápidamente.

Una ventanilla bajó y un reloj de oro y el cañón de un revólver brillaron a la luz del sol.

—¡Agáchense! —gritó Domínguez mientras tiraba con fuerza del timón.

¡PUM!

El coche viró bruscamente saliéndose del camino. Muy aprisa y de golpe el vehículo golpeó contra la tierra del lado donde estaba Santiago mientras que el otro lado se alzó en el aire. Se puso los brazos sobre la cabeza mientras los demás gritaban. La camioneta continuó girando en el aire hasta que paró de golpe y el sol brillante se oscureció.

CAPÍTULO 11

La sangre y el sudor irritaban los ojos de Santiago al parpadear.

—¿María Dolores? ¿Alegría? —Su voz salió entrecortada. Quejidos y llantos que no podía distinguir le respondieron en vez de palabras.

Se limpió los ojos y trató de entender por qué la tierra estaba tan cerca de su cabeza que tanto le latía. El cinturón había cumplido su función y lo había mantenido sano y salvo pero de cabeza.

Tuvo que maniobrar para poder salir al aire fresco a través de la ventanilla abierta. Solo un pequeño punto en el horizonte le recordaba el todoterreno blanco que los había sacado del camino de tierra. La mayor parte del techo del coche se había hundido al volcarse y estaba con la barriga hacia arriba mientras las ruedas giraban lentamente. Salía humo del capó y una parte del motor continuaba haciendo ruido. En cualquier momento el coche podía explotar.

Deslizándose sobre sus manos y sus rodillas, gateó hacia la ventanilla del asiento trasero. Podía ver la bola que era Alegría. Pedazos de cristal aún colgaban de los bordes de la ventanilla que solo bajaba hasta la mitad. Los quitó antes de acostarse sobre su barriga para poder llegar a la niña a través del espacio estrecho.

—Alegría, soy yo, Santi. Te voy a ayudar a salir. —Mantuvo su voz calmada a pesar de la adrenalina que fluía a través de sus venas—. Ya te agarré, mamita. Ya te tengo.

No sabía si lo había escuchado por encima de su llanto. Por lo menos estaba llorando. El silencio hubiera sido peor. Logró sacarla con los dedos de ella clavados en sus brazos. La miró rápidamente, notó que solo tenía algunos arañazos y golpes, mientras ella lloraba en su oído y sus brazos delgados casi lo ahogaban.

—Mamita, tengo que ayudar a tu mamá y a los otros —dijo mientras trataba de calmarla y le acariciaba el cabello. No sabía si el corazón de ella y la cabeza golpeada de él latían más fuerte que su llanto.

Ella no quiso soltarlo. Con sus piernas rodeó la cintura de Santiago y trancó sus pies contra su espalda. Como una zarigüeya se sujetó firmemente mientras él miraba dentro del auto volcado.

—María Dolores, ¿estás bien? —Por la ventanilla vio brazos y piernas todos juntos y se hacía difícil saber a quién pertenecían y si estaban intactos.

—No estoy segura —murmuró María Dolores. Algunas de las partes de su cuerpo se movieron. El cabello descolorido resaltó en el interior oscuro del auto para dejar al descubierto un rostro sucio con arañazos—. Creo que sí. Pero yo no quepo a través de la ventanilla. Los bordes están demasiado aplastados.

Santiago trató de abrir la puerta, pero no lo logró. Con Alegría aún colgada de él, se apresuró hacia el otro lado del auto. Luis gateó a través de la abertura un poco más grande de la otra ventanilla mientras el ruido mecánico del motor continuaba sonando.

—¡Mi pobre brazo! —gimió el vaquero desde el interior del auto—. Creo que está partido. No me puedo mover. No puedo desabrochar el cinturón de seguridad. Está muy caliente. ¡Me estoy muriendo!

—Cállate ya. Nadie que se está muriendo tiene la capacidad en los pulmones para gritar así —lo regañó María Dolores.

—Toma. —Santiago se acercó a la ventanilla retorcida y sacó su navaja poco afilada.

El vaquero la agarró y trató de cortar el cinturón.

—No puedo hacer esto con la izquierda. Es imposible —se quejó.

—Ay, Dios mío, démela. —María Dolores le quitó la navaja de las manos—. Le juro que mi hija de cinco años se las arregla mejor que usted.

Tomó mucho tiempo para poder cortar el cinturón, pero aún así el vaquero no podía salir. Su brazo partido aparentemente hacía que todo su cuerpo estuviera inerte como la cáscara de un plátano. Entre María Dolores que lo empujaba desde el interior del auto, Luis jalándolo por el brazo bueno y Santiago agarrándolo por la camisa blanca que ya no estaba limpia al fin pudieron sacar al vaquero gimiente del auto.

Golpes y sonidos amortiguados salían de la parte de atrás del coche donde estaba la pareja atrapada. El cristal de atrás estaba intacto. Con unos cuantos jalones y patadas, Luis pudo abrir la puerta trasera y liberarlos. Pero el techo que se había hundido no permitía que María Dolores pudiera brincar por encima del asiento, aunque ahora era por debajo del asiento, para poder escapar.

—¡Santi, fuego! —Alegría gritó en su oído. Santiago se viró de golpe. El humo envolvía el capó del auto, pero aún no había llamas.

María Dolores sacó los brazos por la ventanilla. Sus hombros pudieron salir pero el resto de su cuerpo se quedó trabado.

—Déjenla —dijo el vaquero mientras se acariciaba el brazo—. Todos nos vamos a morir de todas maneras.

Que no. Santiago rehusó que ese fuera el caso. Rehusó darse por vencido y dejarla morir atascada en la ventanilla del coche.

—Por favor, ayúdeme. —Le hizo señas a Luis.

Los dos metieron sus dedos entre el costado de María Dolores y el marco de la ventanilla. Con la ayuda de Luis, Santiago pudo jalar con todas sus fuerzas parte del marco que estaba torcido. Tenía que liberarla. Aún enroscada alrededor de su cuerpo, Alegría hacía presión con su peso contra el pecho de él. El espacio se agrandó un poco y luego un poco más. Lentamente y con cuidado María Dolores logró salir.

Respiró profundamente antes de gatear para besar a Alegría y a Santiago y volver a besarlos varias veces más como si no fuera suficiente.

De momento paró.

—¿Y Domínguez?

Se voltearon para mirar al chofer y estuvo muy claro por qué no habían escuchado ningún sonido que viniera de él.

CAPÍTULO 12

Durante algunos minutos nadie dijo nada. Hasta el ruido mecánico del motor paró y había menos humo.

—¿Qué vamos a hacer ahora? —preguntó el vaquero.

En respuesta Luis buscó en el interior del coche y sacó su mochila.

—He venido muy lejos para detenerme ahora —dijo con su acento sureño—. Domínguez mencionó el cañón que está debajo de esos dos dedos de piedra. Veré ahí esta noche a quién vaya para allí.

Salió andando sin esperar a ver si alguien quería viajar con él.

—Tonto —le dijo el vaquero—. Cruzar solo el desierto es un suicidio.

—¿Pues cuál es el plan suyo, sabiondo? —le preguntó María Dolores.

Mantuvo el brazo inmóvil contra su pecho como si fuera un saludo.

—Me quedo aquí mismito. Si estás perdido te quedas en el mismo lugar para que alguien te encuentre.

María Dolores cargó a Alegría que tenía los brazos estirados para pasar de Santiago a ella.

—¿Quién cree que va a venir por usted? ¿Los tipos esos del todoterreno? ¿O la chica por la cual se ha vestido tan elegante?

El rostro del vaquero enrojeció.

—Yo creo que debemos volver a la carretera principal —dijo Tano—. Por lo menos esa carretera tiene movimiento. Alguien nos puede ayudar ahí.

—¿Y entonces qué? ¿Volver a Capaz para buscar a otro idiota para que casi nos mate? —el vaquero continuó creando alboroto—. Le di toda mi plata a Domínguez. De hecho, debería recuperarla.

Vivian alzó sus cejas sorprendidas.

—¿Le va a robar a un muerto?

—Le pagué para que hiciera un trabajo que no cumplió. Exijo un reembolso. Además, él no la necesita ahora.

Santiago se viró hacia María Dolores. Él no deseaba rescatar el dinero tampoco, pero lo haría si ella se lo pedía. Y debía de pedírselo. Con la cuenta de ellos tres, ella era la que había pagado más y la que más perdía. Después de todo lo que ella había hecho por él, Santiago estaba dispuesto a registrar a un muerto. Si se lo pedía.

Pero no se lo pidió.

En vez, María Dolores retó al vaquero.

—Adelante. Recoja su dinero.

El vaquero no se movió.

—Es lo que pensaba —dijo María Dolores.

Hizo un gesto con la cabeza hacia Santiago. Pero no hacia el accidente sino en el otro sentido. Otra vez él se sorprendió de la extraña actitud de ella hacia el dinero. ¿Si hubiera sido su dinero lo hubiera él recogido? Honestamente no lo sabía.

Se alejaron una corta distancia de los otros y mantuvieron la voz baja. Ella se acomodó a Alegría en la cadera para evitar que la niña se deslizara.

—¿Qué crees que debemos de hacer?

—El vaquero tiene razón —dijo Santiago. La herida en la cabeza ya no le dolía. Pero le pesaba en el corazón la responsabilidad de ellas dos—. Por los cuentos que oí en la cantina, cruzar el desierto solo, sin saber a dónde ir, no lo vamos a lograr.

—No estamos solos. —María Dolores colocó una mano sobre el hombro de él—. Nos tenemos unos a los otros.

Un calor se esparció por el cuerpo de Santiago que no tenía nada que ver con el calor del sol. Pero no debía alentarla para cruzar el desierto solos. Podía salir muy mal. Recordó a esos oficiales de la migra que había visto con los rifles. Había escuchado a un coyote en la cantina mencionar algo sobre el gas que hacía llorar. Además estaban los peligros naturales: calor, fatiga, deshidratación.

Pero el brillo en los ojos de María Dolores había vuelto.

—Tenemos agua y comida para un par de días. Además de un teléfono con la batería cargada.

—No hay recepción aquí. —Santiago se aferró a la razón.

—No, pero podríamos tenerla en la cima de esa montaña. Mi hermana está esperando que la llame en cuanto crucemos. Ella está como a cuatro horas manejando de aquí. Quizás menos.

—No sé. Quizás deberíamos regresar —dijo él.

Pero la idea de estar en la proximidad de esos matones del todoterreno no le apetecía tampoco. Él había visto un reloj de oro junto con el revólver. Se acordaba de los tres matones en Capaz tramando contra Domínguez a pesar de que el cuarto hermano no estaba de acuerdo. Santiago había sido invisible mientras recogía la mesa, pero eso no significaba que no se acordaran de él.

—¿De verdad quieres regresar a Capaz? —María Dolores bajó aún más la voz.

Regresar a Capaz sería como estar más cerca de lo que había sido su vida antes. No, definitivamente esa no era una opción. Aún con el temor del desierto, ir adelante era el único camino a seguir. Sobre todo escuchando las palabras de María Dolores que repetía como un mantra en su cabeza: «Nos tenemos unos a los otros».

—Domínguez nos indicó dónde teníamos que ir —dijo Santiago tratando de convencerse a sí mismo—. Y soy bueno orientándome.

María Dolores aceptó eso como la decisión tomada. Caminaron de regreso hacia donde estaban los otros.

—Vamos a chequear la frontera y trataremos de cruzar. Esperaremos por ustedes si desean venir con nosotros, no como hizo nuestro otro amigo. Si somos más, será más seguro.

Tano asintió con la cabeza.

—Si lo desean, también pueden venir con nosotros. Mi esposa y yo vamos a volver a la carretera principal donde seguramente pase alguien.

—Bueno, yo no puedo ir a ningún lugar en las condiciones en que estoy. Y ustedes no me pueden abandonar para que me muera. —El vaquero señaló hacia su brazo partido.

—No nos vamos a sacrificar para servir de niñeros. Tome sus propias decisiones —dijo María Dolores mientras bajaba a Alegría al suelo. Buscó las mochilas dentro del auto volcado. El humo que salía del capó se había extinguido.

Santiago fue a ayudarla teniendo cuidado de no mirar al chofer. Algo rojo le llamó la atención cerca del lado del conductor. Era el encendedor de Domínguez. Ahí a los pies. Santiago lo embolsó. A Domínguez no le hubiera importado. Estaba ahí en la tierra como esperando a que Santiago lo encontrara.

Una vez que se enderezó, Alegría le jaló la mano para que la volviera a cargar. Él se agachó al nivel de ella y escupió varias veces en el dobladillo de su camisa. Con cuidado le limpió la sangre de los arañazos que tenía en el rostro.

—Ahora no luces como si hubieras estado en un accidente de automóvil. —La tiró en el aire y dejó que se cayera en sus brazos mientras ella reía.

—Mamita —le dijo María Dolores a Alegría mientras sostenía las tres mochilas—, ¿vas a caminar?

La niña se acurrucó en el cuello de Santiago con los músculos de sus mejillas contraídos en una sonrisa contra la garganta de él.

—No me importa cargarla. No pesa nada. Casi ni

la noto. —La lanzó en el aire otra vez antes de agarrar su mochila y colocar sus brazos uno a la vez en los tirantes. Entre Alegría al frente y la mochila en la espalda tenía el peso balanceado. También ayudaba que Alegría descansaba sobre sus caderas y no colgaba de sus hombros. De las bolsas María Dolores sacó sus nuevas gorras de béisbol: verde para Santiago, violeta grisáceo para Alegría y marrón para ella.

—Que tengan buena suerte —dijo María Dolores, despidiéndose con la mano después de colocarse su mochila en la espalda y la de Alegría al frente. Santiago caminó a su lado y los tres se dirigieron hacia los dos dedos de la cordillera de montañas distantes, hacia el norte.

No habían dado más de diez pasos cuando el vaquero gritó:

—¡Espérenme!

Santiago se detuvo y se volteó. El vaquero corrió para unirse al matrimonio tan aprisa como le permitían sus botas elegantes y su brazo partido. Santiago sintió una sensación de alivio pues no se unió a ellos.

Una vez que se habían alejado del lugar del accidente, cuando aún no había señales visibles de la frontera, Alegría se escurrió de los brazos de Santiago. Corría para un lado y después para el otro persiguiendo insectos y lagartijas.

De reojo, Santiago hubiera jurado ver a una criatura reluciente persiguiéndola. Princesa. Quizás el unicornio invisible los cuidaría. Agarró la mano de María Dolores y ella se la apretó mientras cada paso que daban hacía que la cordillera de montañas estuviera más cerca y visible.

CAPÍTULO 13

El otro lado

Ningún río o muralla los esperaba en la frontera. Al contrario, se encontraron con pedazos de una cerca de alambre de púas que había sido cortada. Un pedazo atacó la pierna de Santiago cuando la pisó sin querer, pero ni siquiera le abrió un agujero en sus vaqueros nuevos. ¿Esto era todo? ¿Solamente un alambre cortado que marcaba una línea invisible en la arena y la hierba seca? Santiago pensaba que sentiría algo diferente al cruzar, pero no fue así. Todo permaneció exactamente igual. Era el mismo sol intenso del desierto, el mismo panorama. Hasta la cordillera de montañas seguía tan distante como antes.

Mantuvieron el sol del atardecer hacia la izquierda y continuaron.

Un camino de tierra cruzaba de este a oeste. A diferencia del camino con surcos que Domínguez había tomado, este era más ancho, sin surcos y no tenía nada de escombros.

—Paren. —María Dolores estiró los brazos para evitar que Santiago y Alegría cruzaran—. Es una trampa.

—¿Cómo lo sabes? —Santiago observó la carretera con cuidado. No había ningún alambre que pudiera hacer que se cayeran ni había nada que pudiera hacer que una alarma sonara. Lo único que había en el camino era tierra y polvo. Hasta las piedras eran escasas.

—Mira. —Señaló las líneas estrechas que había a lo largo de toda la carretera—. Tiene gravilla y está suave. Cualquier cosa que cruce se puede detectar. Mira hacia allá. Un animal hizo esas huellas con sus patas y podemos detectar en qué dirección fue. Si cruzamos, la migra sabrá que estuvimos aquí.

Ahora que miró con más cuidado, Santiago vio otras huellas de animales pero ninguna de humanos.

Quizás esta era la verdadera frontera. Una prueba para saber si podían cruzar siete metros sin ser detectados.

Detrás de ellos la tierra estaba tan seca y compacta que sus zapatos no habían dejado huellas. Una vez que dieran un paso en el camino, sus huellas serían visibles como un rayo de luz. Definitivamente estaban atrapados.

—No vamos a poder bordear el camino. —Santiago no

podía ver dónde terminaba hacia el este, y hacia el oeste el sol del atardecer les impedía tener buena visibilidad—. El camino probablemente conecta dos puestos de la migra. Es demasiado ancho para brincar.

—Entonces lo vamos a tener que cruzar. Es exactamente lo que quieren que hagamos — observó María Dolores.

—¿Y si cruzamos el camino de espaldas? —Santiago dio varios pasos hacia atrás lo cual hizo que Alegría saltara en reversa y tratara de caer donde sus pies habían estado. Se rio de lo complejo del juego. Varias veces cayó en la hierba seca en vez de donde habían pisado los pies de Santiago. Santiago y María Dolores no se rieron. Cuando cruzaran el camino no sería un juego.

—Podemos tratar de caminar hacia atrás. —María Dolores estuvo de acuerdo—. Y pisar en las huellas del otro no es mala idea tampoco. Las personas en la guerra hacían eso para esconder cuántos eran.

—Yo también puedo borrar nuestras huellas si crees que eso nos puede ayudar. —Santiago recogió unas ramitas de una chamiza que en un día con viento se transformarían en una planta rodadora.

María Dolores no dijo nada y así lo dijo todo. Santiago podía leer su mente. Ella no creía que eso fuera a resultar. La migra probablemente estaba entrenada para seguir huellas y no los iban a poder engañar con trucos tontos. Pero ella tampoco tenía ninguna idea mejor.

Santiago movió su mochila hacia el frente y cargó a Alegría atrás. María Dolores comenzó a cruzar. Sus pasos en reversa se hundían en la tierra suelta. Un paso a la vez Santiago la siguió con la escoba de la chamiza tratando de borrar la evidencia de que habían cruzado. No sirvió de nada. A distancia un conductor podía ver en un segundo sus huellas dentadas a través del camino.

Una vez que hubo cruzado, María Dolores se volteó de frente y comenzó a trotar.

Santiago sujetó las piernas de Alegría y trotó detrás de ella.

—¡Dale, caballito! —Alegría chilló como si estuviera montando un poni y quisiera que fuera más aprisa.

El terreno desnivelado con los arbustos del desierto y los pequeños montones de hierba seca hacían difícil trotar. Varias veces los tobillos de Santiago se torcieron, pero no fue lo suficiente como para causarle dolor. Comenzaron a ir más despacio hasta caminar. Pararon para tomar agua brevemente.

Una vez que se habían refrescado comenzaron a caminar deprisa otra vez. Con frecuencia Santiago se volvía en todas las direcciones para ver si notaba algo. Las lagartijas corrían, los insectos zumbaban. De momento vio un par de buitres que se movían en círculo dirigiéndose hacia el sur.

Descansa en paz, Domínguez.

El sol brillaba con fuerza sobre la tierra haciendo que

fuera casi imposible ver hacia el oeste. Algo se movió en el resplandor haciendo que los pelos del cuello de Santiago se erizaran.

—Auto. —Las palabras salieron de su garganta como un gruñido.

Gatearon buscando dónde protegerse. María Dolores se puso en cuclillas detrás de un arbusto gris de chamiza. Santiago bajó a Alegría de su espalda y la colocó en la sombra de un cactus choya que tenía ramas. La acostó en la tierra y él se puso sobre ella usando sus antebrazos para sostener el peso de su propio cuerpo. Algunas espinas del cactus que estaban sobre la tierra se clavaron en sus manos.

—No lo puedo ver. —María Dolores trató de mirar por el lado del arbusto.

—Confía en mí. Está ahí. —Él sentía la vibración en la tierra. Su cuerpo estaba en alerta total al peligro.

El sol escondía el polvo y el vehículo avanzaba despacio.

—Ahí viene —dijo Alegría y la respuesta fueron dos rápidos sonidos de silencio.

El camión de la patrulla de la frontera no usaba ninguna carretera o camino ni iba en ninguna dirección obvia. Un poco al norte, después al este, el norte otra vez, brevemente el oeste, al sur y después de vuelta al norte.

Finalmente se detuvo a cien metros de ellos. Santiago respiró más despacio tratando de no dejar que su pecho se moviera. El sol estaba desapareciendo y las sombras los cubrían. Pero no sabían qué detector tenía la migra para encontrar a su presa.

El radio chisporroteó. Pero como no sabía inglés y el radio tenía estática, Santiago no tenía idea de lo que estaban hablando y no se atrevía a girar la cabeza hacia María Dolores para saber si ella entendía.

Se oían dos voces viniendo del camión discutiendo lo que iban a hacer. Más estática y voces robóticas salían del radio. El camión volvió a moverse sin ninguna dirección obvia. Esta vez hacia el sur. Después al este, desapareció. No quedó nada, ni polvo, ni vibración, ni ninguna señal de peligro.

Esperaron varios minutos para levantarse de la tierra. Santiago sacó las espinas del cactus de sus manos y de las manos de Alegría. Quedaba muy poca luz de sol y cuando al fin se pudieron orientar para continuar hacia el norte ya no había nada que alumbrara el camino.

—Tenemos que llegar a esa cueva —dijo María Dolores—. Estamos demasiado expuestos aquí.

—Yo aún puedo ver y la luna va a salir dentro de muy poco.

Santiago caminó al frente teniendo cuidado de no pisar los cactus pequeños a nivel de los pies y de no tropezar con las piedras. Aún sin la luz del sol, la cordillera de montañas al fin estaba más cerca. Lo que ya no podía ver eran los dos dedos que formaban las piedras. Pero estaban a la izquierda de la roca que parecía que habían cortado a la mitad, y esa aún la tenía a la vista.

Siguió con paso firme con Alegría en su espalda y María Dolores detrás de ellos. Un par de veces María Dolores le dio unos maníes y pasas para comer y le recordó que bebiera agua.

De vez en cuando aparecían luces en el horizonte, pero desaparecían rápidamente y nunca se dirigían en la dirección que ellos iban. Mas nada perturbaba el desierto. Ninguna polución en la distancia. Solo había un billón más de estrellas de lo que Santiago creía que existían, una media luna y criaturas de la noche del desierto. Si hubiera tenido la oportunidad, habría deseado poder sentarse sobre una piedra y disfrutar de la naturaleza.

Santiago se volvió hacia María Dolores y sonrió.

—¿Qué? —preguntó ella mientras miraba alrededor para ver si había peligro.

Le agarró una mano y con la otra señaló hacia el panorama.

—Lo hemos logrado. Estamos en el otro lado.

Dejó salir un profundo suspiro que parecía haber estado aguantando durante días. Apretando su mano, ella contestó:

—Lo logramos.

Un mezquite grande estaba frente a ellos en la parte de abajo de la montaña. Unos ojos próximos a la tierra los miraron antes de desaparecer en la oscuridad. Santiago caminó alrededor del mezquite y vio que protegía la entrada a un estrecho cañón. Los dedos en la roca más arriba no eran visibles desde ese ángulo, pero su instinto le indicaba que este era el cañón que Domínguez le había mencionado.

—Agárrate de nosotros —le dijo a María Dolores. La mano de ella se unió a la de Alegría sobre el hombro de él mientras se escurría por la grieta de la roca en la pared del cañón. La luz de la luna no alumbraba el suelo del cañón y sólo unas cuantas estrellas brillaban en el cielo. Caminó a ciegas con los brazos extendidos tocando la pared de la roca y arrastrando los pies por el suelo del cañón para poder detectar obstáculos. Sus ojos se adaptaron un poquito a la oscuridad. No era suficiente para poder ver sus pies, pero sí lo suficiente para poder notar una sombra grande hacia la izquierda.

Sacó de su bolsillo el encendedor de Domínguez. La luz mostró una apertura en la pared del cañón. Unos cuantos pasos más mostraban una cueva vacía.

Su hogar por esta noche.

CAPÍTULO 14

Alegría casi ni se movió cuando Santiago la bajó de su espalda a la tierra. Sólo su cabeza giró hacia un lado mientras ella largaba un leve ronquido.

—La próxima vez, recuérdame lo estúpido que es caminar por el campo y las montañas con zapatos nuevos —dijo María Dolores mientras golpeaba sus zapatillas de deporte contra la tierra para suavizar la suela—. ¿Cómo se sienten tus pies?

Santiago se balanceó hacia delante y hacia atrás con sus zapatos nuevos como si se los acabara de poner.

—Están bien.

Alumbrando un par de veces con el encendedor confirmó que estaban solos. Luis, él del auto, no había encontrado la cueva.

—¿Crees que debamos encender una fogata? —preguntó Santiago después de que el encendedor por poco le quema los dedos por cuarta vez. Él esperaba que el fuego ocultara el olor de sus pies cuando se quitara los zapatos. Funcionaba cuando su tío encendía un fósforo antes de salir del baño para ocultar el mal olor de sus propios gases.

—¿Sabes cómo hacerla?

—Por supuesto. —Alguien, quizás Domínguez si esta era su cueva designada, había dejado algunos palitos y un par de ramas grandes—. La mal… quiero decir… una pariente tenía una estufa que había que encender diariamente para cocinar. Algunas mañanas me tenía que levantar tres o cuatro horas antes del amanecer para que se pudiera cocinar antes de que hubiera mucho calor.

—¿Fue ella la que te golpeó?

Se estiró la camisa y se colocó de espaldas a la voz de María Dolores. Levantó su brazo buscando una grieta. Había un hueco en la roca y el residuo de hollín le indicaba que esa era una chimenea natural. Usando el tacto buscó los palitos que había visto la última vez que había usado el encendedor. Los amontonó unos encima de los otros formando un pico y les añadió un poco de hierba seca y corteza.

—Ella no me golpeaba siempre. Según fui creciendo prefería tirar cosas en mi dirección: ladrillos, cuchillos, agua hirviendo. Y si estaba cerca de ella, me usaba como cenicero.

Partió una rama gruesa en tres partes usando su muslo y los añadió a la pila de palitos y escombros.

—Pero no tuve que vivir con ella todo el tiempo. A veces lograba convencer a otros parientes para que me recibieran. Viví con un tío que me cayó bien. Estaba borracho todo el tiempo, pero era un borracho contento. En vez de enfurecerse, el tío Bernardo cantaba. Una noche encendió la cocina cuando regresó del bar y quemó la casa. Ninguno de nosotros salió lastimado, pero tuvimos que regresar a la casa de ella. Ya el tío no canta más.

Santiago encendió la hierba seca que estaba en la parte de abajo de la pila. Esta se quemó y prendió los palitos y las ramitas. El calor comenzó a aumentar y las llamas se hicieron más fuertes.

—Cuando el último pariente decidió que no me quería tener más, tomé la decisión de no volver. Ahí fue cuando te conocí. —Alimentó el fuego con más ramitas.

—¿Qué les sucedió a tus padres? —María Dolores colocó una mano sobre su hombro. Él lo ignoró y continuó observando las llamas danzando contra la pared de la cueva.

—Nunca conocí a mi padre. Los parientes decían que era un chulo malcriado que no servía para nada. Mami nunca lo mencionó y ella murió cuando yo tenía cinco años.

Con el fuego haciéndose más fuerte y alumbrando mejor, Santiago hizo inventario de la cueva. Era estrecha al frente, pero se hacía más grande como para que seis u ocho adultos pudieran dormir uno al lado del otro. En algunos lugares era tan alta como dos hombres de pie. Alegría continuaba durmiendo, gruñendo a veces, y María Dolores miraba a Santiago como si realmente le interesara lo que él tenía que decir

—¿Qué recuerdos tienes de tu mamá?

Él se reclinó sobre sus talones disfrutando del bienestar del calor que el fuego brindaba a pesar del largo y caluroso día. Nunca había hablado con nadie sobre esto.

—Pequeñas cosas. No le importaba lo que los demás pensaran de ella. A veces caminábamos por el pueblo cantando a toda voz. Otras veces parábamos en medio de la calle para salvar a un escarabajo. Estaba siempre de buen humor y le gustaba señalar diferentes cosas como pájaros, nubes interesantes, el color de la tierra.

—Parece que le gustaba vivir libremente. Me hubiera gustado conocerla. ¿Cuál era su nombre?

Él sonrió y pronunció su nombre como si fuera un dulce.

—Sofinda. Siempre pensé que era un nombre bonito.

—Lo es.

—Sofinda Reyes de la Luz —agregó.

Una inhalación y un suspiro a medias se escaparon de él mientras se sentaba en la tierra. Finalmente se volvió hacia María Dolores.

—¿Por qué decidiste irte?

Esta vez María Dolores fue la que se alejó.

—Estaba con un hombre que no me trataba bien. A Alegría nunca le gustó. Debí de haberle hecho caso.

María Dolores se subió la pierna del pantalón mostrando cicatrices en su piel.

—La primera vez, quise pensar que había sido un accidente. La segunda vez supe que nos teníamos que ir. Entró en una cólera terrible y le dijo a la policía que yo le había robado. El anillo de compromiso era mío para vender. Él rompió su promesa de hacerse cargo de nosotras cuando me golpeó. Así es como he podido pagar por todo. Un amigo logró sacarnos del pueblo y viajamos hacia el este en vez de hacia el norte para que no nos pudiera encontrar.

Eso explicaba el viaje pintoresco hacia Capaz. No había sido para ahorrar dinero sino para evitar que la detectaran.

—María Eugenia, mi hermana, insistía que fuera a vivir con ella. Se casó con un buen hombre y tienen un restaurante. Hace las mejores enchiladas suizas. Juro que daría cualquier cosa por un plato ahora mismo —dijo, dándole a Santiago un pedazo de chocolate que él aceptó con gusto.

—Yo estaría contento sólo con arroz con pollo —dijo Santiago con un suspiro—. No importa cuán malo seas cocinando, eso es algo que es difícil que salga mal.

María Dolores dejó escapar lo que parecía ser una risa pero sonó triste y amargada.

—Créeme, yo domino en el arte de quemar el arroz crudo. Estoy hablando de completamente crudo, no los pedazos de arroz pegado y quemado en el fondo de la olla que yo exigía cuando era más joven.

—Pegado —dijo Santiago. Así era como lo llamaba la malvada. Como si dándole un nombre lo hiciera más apetitoso. No sabía que otros muchachos exigían arroz pegado y quemado.

—Sí, me gusta pero no lo puedo hacer. Mi ex decía que yo no servía para nada porque no podía cocinar.

—¿Ese era el padre de Alegría?

—No. —María Dolores dejó escapar otra vez lo que parecía en parte risa y en parte resoplo. —Ese fue el ex que yo te conté. Mi mamá y yo peleábamos mucho con respecto al papá de Alegría por eso me echó de la casa.

Santiago quería decirle que sentía que hubiera pasado por tantas cosas, pero las palabras parecían vacías. Nadie nunca le había contado sobre su vida y no sabía cuál era el protocolo correcto.

—Alegría es muy dichosa de tenerte. Eres la mejor mamá para ella.

—Quisiera pensar que sí. —María Dolores sonrió acercándolo a ella. Esta vez él no se resistió—. ¿Te conté que fue ella la que te señaló cuando te acercaste al camión de la comida? Le caíste bien desde el primer momento. Te reconoció como buena gente.

Ella le dio un codazo en broma. Santiago se acercó hasta que su cabeza descansó sobre su hombro. Ella lo abrazó y lo besó en la parte de arriba de la cabeza antes de murmurar:

—¿Te harás cargo de ella si algo me sucede?

Santiago se enderezó separándose del abrazo para mirarla a los ojos.

—¿Te estás muriendo?

—Ay, no. Pero en caso de que sucediera. Uno nunca sabe. Ese es el problema de ser una madre soltera. Quiero saber que alguien se va a ocupar de ella. Que yo no soy la única persona que ella tiene.

Santiago se levantó para alimentar el fuego con otra rama. Algunos insectos volaban cerca de las llamas debatiendo cuán cerca podían aproximarse antes de quemarse.

—No voy a dejar que le pase nada. Lo prometo —dijo, regresando a donde había estado sentado pero no lo suficientemente cerca como para que ella lo pudiera tocar—. Pero no quiero que nada te suceda a ti tampoco.

—¿Así que te vas a quedar a vivir con nosotras?

¿Quedarse? ¿Con ellas dos y con la hermana mayor en el otro lado? ¿En un hogar de verdad?

—Claro que sí.

—¿No te vas a ir?

—No, a menos que tú lo desees.

—Eso nunca pasará.

CAPÍTULO 15

El sol calentaba y brillaba cuando Santiago se despertó a la mañana siguiente. Su visión se nubló por el sol al observar de arriba abajo las paredes estrechas del cañón y el panorama. Domínguez había mencionado que sería un reto pero que valía la pena llegar hasta el viejo pueblo minero de Valle Cobre en el otro lado de la cordillera. Excepto que el todoterreno había cambiado los planes antes de que Domínguez pudiera explicar cómo llegar ahí.

Santiago siguió el cañón estrecho hasta el final observando la tierra para ver si había huellas. No encontró nada y muy pronto se dio cuenta de por qué. Cerca de la cueva las paredes se alzaban hacia el cielo sin ofrecer ningún espacio. Tampoco había ninguna roca sobre la que pudieran trepar.

Saliendo por donde habían entrado la noche anterior Santiago buscó un camino. No vio nada. No había nada que indicara cuál era la mejor manera para poder subir. Había rocas grandes en la parte de arriba pero no podía ver desde abajo cómo podía cruzar a través de las rocas. La cordillera se extendía en ambas direcciones. No era posible darle la vuelta. El no tener una manera visible de cruzar significaba por lo menos que no le iba ser fácil para la migra perseguirlos.

Durante todo el tiempo que estuvo observando cómo poder cruzar la cordillera había estado recogiendo ramas y restos del cactus choya para añadirlos a la fogata. María Dolores estaba en la entrada de la cueva y le dio dos lascas de pan con carne encurtida y kétchup que había encontrado en el fondo de su bolsa. Habiendo comido solamente maní, pasas y chocolate la noche anterior esto era un manjar.

—No tenemos tanta comida como pensaba. Podemos demorar varios días en llegar a la civilización, pero si no comemos no vamos a llegar a ningún lugar —dijo María Dolores mientras preparaba un pan con la carne encurtida para Alegría.

—¿Cuánta agua tenemos? —No había visto ningún rastro de agua cuando estuvo buscando la manera de cruzar las montañas. Solo un panorama árido y desértico tan lejos como se podía ver y un sol tan intenso que podía freír una lagartija si se detenía por un rato.

María Dolores le enseñó las tres botellas restantes y suspiró.

—Ayer nos tomamos más de una botella. Tenemos que lograr que el resto nos dure.

Le contó lo que había visto fuera del cañón. Más bien lo que no había visto: una senda.

—Princesa nos va a ayudar — dijo Alegría mientras se pavoneaba alrededor de la cueva con su amiga imaginaria. Santiago hubiera dado cualquier cosa por poder depender de un unicornio.

—¿Domínguez no mencionó de pasada ningún otro punto de referencia? —preguntó María Dolores.

Santiago rebuscó en su mente por algunos minutos.

—Solo el antiguo pueblo minero del otro lado de las montañas, pero es muy difícil llegar a él.

María Dolores hizo un sonido que era en parte suspiro y en parte gruñido.

—Creo que eso sería lo mejor. Seguir andando hacia el norte. Tarde o temprano tenemos que llegar a un camino o a un pueblo.

Él asintió, consciente de que los dos estaban esperando que fuera pronto.

—Hace mucho calor ahora pero no sé si vamos a poder cruzar las montañas en la oscuridad. —Santiago se tocó la parte de atrás del cuello. Aún ahora en la cueva podía sentir el calor del sol en su piel.

—Esperemos unas horas y veamos cuán lejos podemos llegar. Podemos parar cuando se haga muy oscuro y comenzar a primera hora de la mañana antes de que haya mucho calor. —María Dolores se paró e hizo un inventario de sus cosas dentro de la cueva—. Ayúdame a recoger nuestra basura.

También hizo que Santiago se pusiera pantalla solar para no quemarse.

—Pero soy oscuro. El sol no me quema. Además tendré puesto la gorra.

—No importa. Por lo menos la parte de atrás del cuello y las puntas de las orejas. Y tus brazos para evitar insolación.

Le sonaba como un cuento chino, pero no valía la pena rehusarse si esto hacía que María Dolores se sintiera satisfecha.

Comenzaron a subir la montaña en la tarde yendo en zigzag que era más fácil que ir derecho. Alegría corría en una dirección y después en la otra persiguiendo lagartijas y agachándose para ver las flores que florecían a pesar del calor del desierto.

La primera hora fue la más difícil. Santiago podía sentir el calor que salía de la tierra reseca a través de las suelas de sus zapatos nuevos. Si hubiera tenido puestos sus zapatos viejos dudaba que sus pies hubieran sobrevivido. Pero María Dolores insistía que tenían que seguir adelante. Habían pasado el límite del cansancio y de estar incómodos.

Caminaban en piloto automático manteniendo el mismo paso. Con frecuencia Alegría sostenía la mano de Santiago mientras Princesa los guiaba.

Mientras más ascendían, más rocas encontraban en el camino. Sus pasos hacían que pequeñas piedras corrieran loma abajo. Santiago resbaló y se cayó de rodillas dos veces. A María Dolores le sucedió muchas más. Buscó un palo para que la estabilizara al caminar, pero no había árboles creciendo aquí arriba y todos los palos que encontraba se partían con la más ligera presión.

Al ponerse el sol, su camino comenzó a bloquearse con peñascos. Santiago cargaba a Alegría y la levantaba sobre las enormes rocas. Él subía y después le ofrecía una mano a María Dolores para que pudiera subir.

Pararon cuando llegaron a la cima de la montaña. Era a mitad de la noche y la brisa del otoño se sentía refrescante una vez que Santiago se quitó la mochila. Había más montañas en el horizonte hacia el norte, más tierra desierta, más desierto, pero ninguna señal de agua. Ni había luces de algún pueblo cercano.

Se acomodaron en el lado norte de las rocas, que era más fresco que el lado sur y además bloqueaba el viento. María Dolores vació una mochila y la colocó sobre Alegría como una manta. Algunas plantas crecían en las grietas de las piedras, pero ninguna era lo suficientemente grande como para hacer una fogata. Recostada contra una roca,

María Dolores puso una mano sobre su hija y estiró su otro brazo hacia Santiago. Estaba muy cansado para resistirse y se acurrucó junto a ella.

La luz del día despertó a Santiago. Sus huesos le dolían del frío de la noche y de haber dormido sobre las piedras, pero aún así trepó los peñascos más altos. Demoró unos minutos pero al fin notó algo. Era la línea estrecha de un camino detrás de una loma.

A donde quiera que fuera le daba una dirección más precisa que solo ir hacia el norte.

Memorizó cómo era la loma por donde pasaba el camino. La parte de arriba era completamente plana y los lados eran simétricos. Regresó a donde habían acampado y encontró a María Dolores despierta sosteniendo su teléfono mientras caminaba en un círculo.

—Le escribí un mensaje de texto a mi hermana, pero no tengo señal para poderlo enviar.

Le dio un pedazo de pan seco. Santiago lo comió despacio para engañar a su estómago, para que creyera que estaba comiendo más.

—Encontré un camino —dijo, pasándose la lengua por los labios resecos—. Espero que nos lleve a Valle Cobre donde Domínguez dijo que había un teléfono y donde nos podríamos refugiar hasta que alguien nos pueda recoger.

Santiago buscó dentro de su mochila la botella de agua.

Otra botella ya se encontraba vacía y la tercera estaba medio vacía. Solo les queda poco más de una botella cuando ayer tenían casi tres botellas llenas. Él y Alegría habían tenido tanto cuidado de solo tomar pequeños sorbos. ¿Cómo habían podido tomar tanta agua sin darse cuenta? Volvió a colocar la botella dentro de la mochila sin tomar nada. María Dolores, caminando en círculos con su teléfono, no había notado nada.

—Vamos a caminar antes de que se ponga muy caliente. —Él se colocó la mochila en la espalda y cargó en sus brazos a Alegría, quien aún dormía. El viento jalaba sus coletas como para levantarla y llevársela lejos. De momento, Santiago sintió pánico al pensar que el viento la podía llevar lejos como pasó con los personajes del pueblo en su cuento infantil favorito. Le puso una mano en la espalda para protegerla. Segura. La tenía que mantener segura.

María Dolores respiró profundamente dos veces y volvió a llenar la mochila de Alegría. En algún momento de su trayectoria, Santiago se había convertido en el guía, la persona que sabía hacia dónde se tenían que dirigir. O fingía saberlo.

Bajaron de donde estaban y cruzaron por la parte de abajo de la montaña. El frío de la noche había dado paso a otro día asfixiante. Pararon antes del mediodía junto a un pequeño arbusto que daba la ilusión de protección pero ninguna sombra.

Santiago observó el horizonte. Su visión se nubló con el resplandor. Parpadeó varias veces para poder confirmar que ningún árbol crecía aquí. Solamente la ropa y las gorras que tenían puestas los protegían del intenso sol. ¿Qué era mejor: continuar caminando en este calor o quedarse donde estaban y dejar que el sol los deshidratara? Como no podía decidirse, se quedaron un ratito más. Las chicas no se quejaron.

Los chillidos de los coyotes despertaron de repente a Santiago. La garganta le quemaba de la sed, pero se permitió tomar solamente un pequeño sorbo de agua. Tenían que seguir andando. Solo les quedaba alrededor de una hora de la luz del sol y tenían que llegar al camino. Todos los caminos llevan a alguna parte.

—Despiértense. Tenemos que seguir adelante. —Su voz sonaba como un quejido.

—No quiero —Alegría protestó.

—¿No podemos descansar un poco más? — suplicó María Dolores.

—No, no estamos seguros aquí — insistió Santiago, y al fin accedieron.

En cuanto el sol se puso, el aire se enfrió erizándoles la piel. Santiago sentía a Alegría temblando en sus brazos. Le frotó la espalda con la mano y se forzó a dar pasos más largos. Su destino tenía que estar más cerca. Tenía que estarlo.

Las guio a ciegas durante la noche. Varias veces se pellizcó para poder enfocarse, pero su mente solo reaccionaba a veces. *Agua, refugio, libertad, Alegría, María Dolores.* Ellas eran las que importaban. Ellas eran las que tenía que mantener a salvo. Tenían que seguir.

El sol comenzaba a salir cuando al fin llegaron a una pequeña senda. Dándole la espalda al sol continuó por el camino entre las lomas. Quizás era su imaginación o una alucinación producto de su extrema fatiga o el frío. Pero algo que parecía como un edificio se veía al frente.

—Veo una casa —dijo María Dolores. Era la primera vez que uno de ellos había hablado en varias horas.

No era una casa sino un muro hecho de ladrillos rojos de adobe. Santiago bajó a Alegría de sus brazos antes de desplomarse en la tierra junto a ella. Otro ruido le indicó que María Dolores había hecho lo mismo.

CAPÍTULO 16

Santiago tenía los labios pegados a los dientes. Su piel expuesta al sol le picaba. Solo el mover la cabeza hacía que le doliera todo el cuerpo.

Tomó un sorbo de agua antes de darse cuenta de que ya no quedaba más. La bruma en su mente hacía que su reacción fuera más lenta. Esto era malo, muy malo. Cuatro pájaros volando sobre él. Buitres. Había algo muerto cerca.

O se estaba muriendo.

Santiago se viró hacia María Dolores y Alegría que estaban a su lado. Demoró varios minutos antes de darse cuenta de que los pechos de ambas subían y bajaban. El muro que habían usado como protección temprano en la mañana ya no los protegía del sol. Usando las mochilas trató de hacer una pared que les diera sombra a las dos que dormían. Malamente hacía ninguna diferencia, pero por lo menos era algo mientras él buscaba agua.

Se obligó a pararse arrastrando los pies detrás de sí. *Continúa avanzando, continúa buscando. Encuentra algo.* Pero solo las paredes de algunas estructuras hechas con ladrillos gruesos de adobe bordeaban el área. La mayor parte de los techos de madera se habían podrido. Ni basura, ni huellas, ninguna señal de alguien que hubiera estado ahí hacía años o décadas. Esto no era Valle Cobre sino un poblado abandonado y olvidado.

Cerró los ojos tratando de escuchar el más leve ruido de vehículos o, mejor aún, un río. Nada.

—Santiago, ¿dónde estás? —La voz de María Dolores sonaba como si tuviera catarro.

—Ya vengo. —Arrastrando los pies caminó de regreso. Ambas estaban despiertas y lo abrazaron cuando apareció alrededor del muro.

—Pensé que nos habías abandonado —María Dolores susurró en su oído—. Pensé que te… —que las había abandonado dejándoles los suministros restantes, esperando que de alguna manera pudieran lograrlo sin él. Lo sabía porque era lo que había estado pensando.

A cambio, les dio las malas noticias. No había nada en estas estructuras abandonadas que los pudieran ayudar a sobrevivir.

—No sé dónde estamos. —Pateó la tierra de la senda

que los había conducido a estas ruinas—. No sé dónde está el camino hacia Valle Cobre.

—Tengo sed —dijo Alegría.

María Dolores cargó a su hija casi llorando por no poder ayudarla.

—El agua se acabó. Mi teléfono está muerto. No sé si mi hermana recibió el texto o no.

La mente de Santiago se aclaró un poco. Tenía que hacerse cargo de ellas. Tenía que hacerlo.

—No podemos hacer nada ahora —dijo Santiago. El sol estaba muy intenso y brillante. Unas cuantas horas más y serían carne para los buitres—. Cuando oscurezca volveremos a caminar por la senda por donde vinimos ayer.

María Dolores tragó en seco y estuvo de acuerdo.

—¿A dónde crees que conduce ese camino?

—A una carretera. —Trató de ocultar la incertidumbre en su voz—. Nos debe de llevar a un pueblo. A un pueblo de verdad con personas y suministros. —Eso tenía suficiente sentido como para ser verdad—. Ahora vamos a descansar en la sombra.

Las llevó a una edificación abandonada que tenía tres paredes y parte de un techo de metal. El estiércol deshidratado indicaba que había sido un establo. Santiago movió un pedazo de madera podrida y enseguida la tiró. Gritó y saltó al igual que hizo María Dolores. Solo Alegría se agachó para mirar las patas peludas de una tarántula del tamaño de su mano.

—¡Qué linda!

Cuando los latidos del corazón de Santiago se normalizaron y Alegría había movido otra vez el pedazo de madera decepcionada de no haber encontrado otros primos de la tarántula, abrieron una lata pequeña de sardinas para compartirla. Le dijeron a Alegría que cerrara los ojos y se comiera dos cuando rehusó probarlas. Compartieron el aceite en el cual nadaba el pescado. La grasa alivió sus gargantas resecas y les dio la ilusión de haber tomado algo.

Al principio Alegría no quería descansar. Ella y Santiago colorearon en el libro de ella e inventaron cuentos sobre los personajes. Santiago sintió que su mente comenzaba a divagar.

—¿Has jugado alguna vez al «ratoncito tranquilo, ratoncito cayado»? —Se acordó del juego que usaba con sus primos pequeños para que durmieran la siesta.

Alegría sacudió su cabeza abriendo los ojos.

—Pues, los dos nos acostamos y tenemos que estar tranquilos y callados tanto como sea posible. —Se acostó de lado usando su codo como almohada. Su otro brazo fue hacia Alegría mientras ella se recostaba contra su pecho—. Si uno de nosotros se mueve o habla, la otra persona gana. Si los dos estamos tranquilos y callados entonces los dos ganamos. Pero debo advertirte que soy muy bueno jugando a este juego.

—Princesa y yo somos muy buenas también —respondió Alegría.

—Me alegro. Así tengo un reto. Pero si Princesa empieza a moverse y pierde, entonces los dos tenemos que ver quién queda en segundo lugar.

Alegría asintió.

—¿Cuándo comenzamos?

—Ahora mismo.

La niña se puso en una posición más cómoda y dejó de moverse. En unos minutos estaba roncando suavemente.

La luna casi llena brillaba cuando comenzaron a caminar por la senda de tierra que esperaban que los llevara a una carretera.

Solo les quedaba para comer unos cuantos maníes y pasas que se habían caído en el fondo de una mochila y los tres caramelos que Santiago había comprado para él.

Pero no tenían agua.

Habían llevado comida para dos días. ¿Era esta la cuarta o quinta noche? Santiago había perdido la cuenta. Se comieron lo que les quedaba: tres maníes y dos pasas para cada uno. Pero Santiago le dio sus pasas a Alegría. Completaron su comida saboreando cada uno un caramelo que los hizo sentirse más sedientos.

En una zanja al lado del camino había algo que reflejaba la luz de la luna. Santiago sujetó a Alegría mientras buscaba entre las matas muertas y encontró una botella plástica blanca.

—¿Es eso agua? —María Dolores suspiró.

Santiago sacudió la cabeza mientras levantó la botella. En un pasado era agua. Dos huecos redondos en el plástico explicaban por qué ya no tenía líquido. Alguien le había disparado a propósito para que saliera toda el agua.

Continuaron caminando con sus pies en piloto automático, cansados de sentir sus gargantas resecas e irritadas, cansados de caminar sin fin.

—Se pueden comer los cactus, ¿verdad? —María Dolores estaba parada frente a uno que no era mucho más alto que ella.

Santiago le agarró la mano a la vez que ella como hipnotizada extendía su brazo hacia las ramas llenas de espinas.

—Estos no se comen. No tienen ni pulpa ni frutas, solo espinas, y adentro huesos que parecen madera. Los que se comen son planos.

—¿Es hora de comer? —preguntó Alegría con voz débil desde el cuello de Santiago.

El sonido de la voz de su hija espabiló a María Dolores.

—¿Estás seguro de que no se pueden comer estos?

Aún sosteniendo la mano de María Dolores, Santiago continuó por el camino.

—Estoy muy seguro. Cuando encuentre un cactus que podamos comer se lo daré a ustedes.

—¿Prometido?

—Claro que sí.

Mientras más caminaban, más divagaba su mente. ¿Dónde estaban todos los cactus? Otras personas se los habían comido. Necesitaba un palo para poder cosechar el cactus. O un tenedor grande para alcanzarlos. Y un cuchillo. Él tenía un cuchillo. Eso lo ayudaría a sacarle las espinas. ¿O era el fuego lo que sacaba las espinas? Él podía hacer una fogata. La luna trajo el frío pero el sol había quemado como si fuera fuego. Quizás el sol había quemado las espinas. ¿Cuáles espinas?

Después de muchas horas, el camino terminaba en una carretera que se extendía a la izquierda y a la derecha a la luz de la luna. Era una carretera de tierra, pero lo suficientemente ancha para que dos autos pudieran pasar uno al lado del otro, lo cual era evidente por las huellas de las gomas.

Aquí en el cruce, el instinto le decía a Santiago que fuera a la izquierda. La izquierda era lo correcto porque estaba más alejada de las montañas que habían cruzado.

Detrás de él, María Dolores lo seguía más despacio, con su mirada en el camino. Cuando se acordaba, se paraba y la esperaba, moviendo a Alegría más arriba en su cadera.

Estaba cansado, demasiado cansado para poder pensar.

La mochila vacía se hacía demasiado pesada para continuar cargándola. La dejó atrás. Pero no a Alegría. Ella estaba ahora en su espalda con los brazos sobre sus hombros y las piernas cruzadas alrededor de su cintura.

En la oscuridad no se encontraron con ningún auto. Cuando salió el sol los vehículos comenzaron a transitar. No podían arriesgarse a que los vieran pues la migra los mandaría de vuelta. Santiago las llevó a caminar por la maleza manteniendo el camino a la vista como guía. Cuando venía un auto se acostaban en la tierra esperando que nadie los hubiera visto. La tercera vez que lo hicieron Santiago no se levantó. El peso de Alegría en su espalda se lo impedía. No tenía la fuerza para pedirle que se moviera. Movió su cabeza. Pudo ver a María Dolores a cierta distancia. Tampoco se movía.

Un descanso. Todos necesitaban un descanso. Un pequeño descanso.

CAPÍTULO 17

Unas luces parpadeaban detrás de los párpados de Santiago. Eran luces bonitas. Constantes y consistentes. Como el palpitar del corazón.

Pero sus ojos estaban bien abiertos. Luces rojas y azules. Eran avisos. ¿Pero por qué él estaba viendo luces en el desierto? Y escuchaba voces. Voces de hombres. Y quizás la voz de una mujer también. Pero no era la voz de María Dolores. Estas voces usaban palabras que él no comprendía.

—Santi. —Escuchó la voz de Alegría casi sin aliento cerca de su oído. Ahora que ella había hablado sentía su peso confortable y próximo sobre su espalda—. Mami.

—Shh —él susurró. Forzó su mente deshidratada a pensar, a entender lo que estaba pasando delante de él y a mantenerse escondido. Respiraba profundamente pues era la única comida que tenía para su mente.

Una de las luces que parpadeaban venía de un auto de policía. Estaba casi seguro. La otra venía de una camioneta blanca y grande de donde estaban sacando una cama plana. Una camilla. Una ambulancia.

Había otros dos carros estacionados a los lados. Mucha gente hablaba, pero lo que decían no tenía sentido. No importaba. La policía en cualquier idioma no era algo bueno.

—Shh —le recordó a Alegría. No podía dejar que la policía notara su presencia. *Mantengámonos escondidos. No dejemos que nos vean.*

Notó cabellos rubios descoloridos mezclados con cabellos negros moverse sobre la tierra del desierto. María Dolores.

Alegría lloró en su oído. Esta vez no le dijo que se mantuviera en silencio.

Unas personas con uniformes levantaron a María Dolores y la depositaron sobre la camilla. Lo que veía hizo que le dolieran los ojos, pero parpadear le dolía también. No había suficiente agua en su cuerpo para producir llanto.

La cabeza de María Dolores giró hacia donde estaban ellos. El viento trajo de esta escena palabras que él podía comprender.

—Alegr... San...

Las personas uniformadas se movieron y bloquearon

la vista de Santiago. Una voz de hombre al fin habló en español.

—¿Qué está diciendo? ¿Que está alegre? ¿O está rezando a un santo?

Pero María Dolores no dijo ninguna otra palabra.

Alguien dio una orden y la camilla fue llevada a la ambulancia parqueada en el camino.

La misma persona que había hablado en español antes cambió de táctica. En vez de hacerle preguntas trató de consolarla.

—Está a salvo. Le vamos a dar agua, comida y atención médica. Va a estar bien.

—Mami —sollozó Alegría en el hombro de Santiago cuando colocaron a su mamá dentro de la ambulancia a veinte metros de ellos.

Le había prometido a María Dolores que se haría cargo de Alegría. Pero también se había prometido a sí mismo que se haría cargo de las dos. Sin embargo, ahora en el desierto, se estaban llevando a María Dolores. Paramédicos y policías, llevándosela al igual que habían hecho con su mami.

No podía dejar que los encontraran. Tenía que salvar a Alegría. Agua. Comida. No tenía ninguna de estas cosas. No sabía dónde podía encontrarlas. Pero esta gente tenía agua y comida. Alegría necesitaba agua y comida. Necesitaba a su mami.

La puerta de la ambulancia se cerró de un portazo.

Con una mano sujetó la pierna de Alegría para mantenerla estable. Con la otra mano se empujó contra la tierra, moviendo sus rodillas de debajo de él y esforzándose hasta que al fin pudo levantarse. Levantó en el aire la mano con la cual no estaba sujetando a Alegría y gritó.

—Pare. ¡Alto!

CAPÍTULO 18

Santiago se cayó en la tierra en cuanto las palabras chisporrotearon de su garganta. Escuchó cómo la ambulancia se alejaba. La gente no lo había visto. María Dolores. Luces y visiones nadaban fuera de foco. No, no debía haber llamado la atención de ellos. No, no debía haberlos dejado alejarse.

Pies corrieron a su lado. El peso de Alegría fue levantado de su espalda. No, no a ella, no. El miedo alimentó la ansiedad al esforzarse para pararse y se cayó de frente.

—No... ella... no. —Se esforzaba por tratar de hablar, pero tenía la garganta demasiado reseca y su mente estaba frita. —Ven. Favor. Ella no.

La misma voz de hombre de antes le aseguró en español:

—Ella está aquí. Le estoy dando algo de beber. Tú también tienes que beber.

Manos fuertes lo viraron y lo colocaron de espalda contra la tierra. Le levantaron la cabeza sosteniendo una botella. Pero no podía. No hasta que supiera que Alegría estaba bien.

—Santi. —La figura que estiraba su mano no se parecía en nada a Alegría. Casi todo el cabello se le había salido de las coletas y era de color marrón claro en vez de negro. ¿De fango? No, de polvo. No había agua para crear fango. Sus ojos que eran brillantes estaban rojos e hinchados. Sus brazos que habían estado sobre sus hombros mientras él la cargaba estaban más que rojos, quemados por el sol y cubiertos de ampollas. ¿No se habían puesto ellos crema para no quemarse? ¿O se habían comido la crema? ¿Cuándo fue que habían perdido sus gorras? ¿Hacía días o semanas? Su cerebro no tenía noción del tiempo.

—Santi —ella volvió a llamarlo después de otro trago de un líquido amarillo. Por lo menos sonaba como ella—. ¿Dónde está mami?

Santiago tomó la botella plástica que el hombre sostenía y se tragó casi todo de un trago. Su estómago, sus tripas de hierro que podían comer cualquier cosa se sublevaron y el líquido amarillo volvió a salir.

—Tienes que tomarlo despacio. Te va a ayudar. Pero con calma. Un poquito a la vez. —El hombre dejó caer lo que parecían gotas en la boca de Santiago. El sabor dulce chocó con la bilis que tenía en su lengua hinchada. Su boca absorbió esa poca cantidad sin necesidad de tragar. Unas cuantas gotas más y finalmente lo pudo tragar. Tragó dos veces más y estiró su mano para aguantar la de Alegría.

—¿Dónde está mami? —repitió, girando la cabeza de un lado para el otro.

Santiago le apretó la mano. Aún con esta mínima cantidad de líquido su mente había recuperado parte de su función y la memoria. La ambulancia. Y como otra vez había dejado que los paramédicos se llevaran a su familia.

—Tu madre necesita atención crítica pues sufre de extrema insolación —dijo el hombre—. Se la llevaron al hospital. No sabíamos que ustedes dos estaban aquí hasta que la ambulancia se fue.

El hombre tenía un uniforme marrón que se integraba con el color marrón bronceado del panorama, y un sombrero de alas planas. Por sus ojos oscuros y su nariz ancha bien podía ser mexicano. Su acento y su manera de hablar eran perfectos lo cual demostraba que tenía educación, como un periodista o un político.

—Vamos, salgan del sol. —Le ofreció la mano a cada uno de ellos, pero ninguno la aceptó. Santiago se paró, levantó a Alegría y siguió al hombre con el uniforme marrón. Los pies le dolían con cada paso y su cuerpo estaba rígido y quebradizo como si se fuera a partir si no tenía cuidado. Más despacio entonces porque no se podía quebrar mientras sostenía a Alegría, no cuando él era la única persona que a ella le quedaba.

El camión tenía cuatro puertas y era del mismo color que el uniforme del hombre. Había un diseño impreso en la puerta del asiento de atrás que el hombre abrió para ellos. Por lo menos el camión no tenía luces que parpadeaban.

A pesar del interior oscuro, la parte de adentro del vehículo se sentía muy refrescante. Santiago se sentó en los cojines no deseando tener que volver a levantarse mientras Alegría permanecía apretada como una bola.

—¿Quién es usted? — preguntó Santiago.

—Soy Jorge, un guardabosque de la zona.

—¿La migra?

—No, solo un amigo. Vuelvo enseguida. Necesito terminar de hablar con los otros. —El hombre dejó las puertas del vehículo abiertas y regresó junto al policía y una mujer que estaban parados cerca de sus autos.

—Quiero a mi mami. —Alegría comenzó a llorar y tiró la botella con el líquido en el desierto.

—Mamita —Santiago le dijo a la niña. Recogió la botella derramándose y regresó al camión tratando de convencerse a sí mismo al igual que a la niña—. Vamos a ver a tu mami dentro de muy poco. Todo está bien. Yo estoy aquí y Princesa también.

—Princesa no es real —murmuró Alegría.

—¿Qué? —Se recostó para mirar a la niña. Mientras más la miraba más recordaba a la niña antes de que el sol hiciera los estragos en su cara. No quería ni imaginarse cómo debía de lucir él—. Claro que Princesa es real. Yo la veo aquí. Está delante de nosotros. Creo que fue ella la que nos consiguió ayuda. Yo tenía mucha sed. ¿Tú no?

Ella escondió la cara en su cuello, restregándose contra él o quizás asintiendo.

La besó en la cabeza y le acarició la espalda.

—No importa lo que pase. Estamos los dos aquí. Ninguno de los dos se va a ninguna parte.

El policía con el cual Jorge había estado hablando casi ni miró hacia donde estaban ellos al subirse a su auto y apagar las luces que parpadeaban antes de alejarse. Santiago dejó escapar un suspiro que no sabía que estaba aguantando. Una cosa menos de que preocuparse.

La mujer regresó a su coche con las manos en la cabeza y con una expresión de desconcierto. Una vez que estuvo dentro del auto no lo echó a andar. Recostó su cabeza en el timón. Ella no tenía uniforme.

Jorge regresó y les entregó dos recipientes plásticos con comida para bebés y unas cucharas. Por la foto, Santiago adivinó que era algún tipo de carne. ¿Quizás pollo? Y zanahorias.

—Por el momento no creo que puedan tragar algo más sustancioso —explicó Jorge. Encendió el motor del camión y puso el aire acondicionado al máximo con las puertas aún abiertas al calor asfixiante de afuera.

Este Jorge no los encerró en el camión. Eso era algo. Y el hecho de que gastara el dinero teniendo el aire acondicionado encendido con las puertas abiertas decía mucho más. Quizás Jorge de verdad era su amigo.

—Mamita, necesitas comer algo. —Santiago abrió la comida de bebé y le ofreció una cucharada a Alegría. Ella se separó de su cuello y abrió la boca como un pajarito.

La próxima cucharada fue para él. La comida de bebé sabía amarga como si hubiera estado dentro del vehículo durante varios meses cocinándose con el intenso calor. Alegría sacudió la cabeza cuando le ofreció la segunda cucharada.

—Come más. Necesitas la fuerza para poder ver a tu mami. Tres cucharadas más. ¿Está bien?

Ella respondió abriendo la boca tres veces más, y listo. Su propio estómago estaba de acuerdo con que había recibido suficiente cuando entre los dos se comieron solo un recipiente de comida.

—¿Cómo nos encontró? —preguntó Santiago mientras tomaba más del líquido amarillo.

—A esa mujer allí le pareció que había visto algo esta mañana, pero no paró. —Señaló hacia la mujer en el otro auto, quien aún tenía la cabeza sobre el timón—. Más tarde lo volvió a ver y se bajó del auto. Cuando vio que era una persona, llamó pidiendo ayuda. Creo que aún está asustada. Estábamos a punto de buscar a otros en esta área cuando tú te paraste y te desmayaste. ¿Hay más?

—¿Más qué? —preguntó Santiago.

—¿Otras personas viajando con ustedes? ¿O alguien que hayas visto?

Santiago sabía que debía decir que vivían aquí, que pertenecían a este país. Que su auto dejó de funcionar y que se habían perdido. Pero eso traería preguntas que no podría contestar.

—No hay más nadie.

—¿Estás seguro? —insistió el hombre—. El desierto puede acabar con una vida en cuestión de horas. Si hay alguien más lo estarías matando si no me lo dices.

—Somos solo nosotros tres —confirmó Santiago. No le gustaban todas estas preguntas, como que el hombre estaba insistiendo demasiado.

—Son afortunados de que los hayamos encontrado en el momento en que lo hicimos. No creo que hubieran durado hasta el final del día.

—¿Va a estar bien Ma... mi hermana?

—Es muy pronto para saberlo.

La cabeza de Santiago comenzó a bambolearse y los ojos se le cerraban. Alegría ya estaba dormida con la cabeza apoyada en su hombro. Podía sentir que babeaba en su camisa. Bien, era señal de que se había rehidratado. Él bostezó.

El camión comenzó a moverse. Dentro de su mente algo le decía que tuviera cautela. ¿De qué? ¿O por qué? Pero su mente ya estaba en proceso de invernar. Le habían dado líquidos, comida y un ambiente fresco. No era todo lo que necesitaba, pero lo suficiente como para bajar la guardia.

CAPÍTULO 19

Una mano sacudiendo su hombro despertó a Santiago. Afuera el atardecer alumbraba el vasto panorama de la nada: pequeños arbustos que no daban sombra, cactus con espinas que no eran comestibles y una cordillera que los llevó al desengaño. No sabía si habían vuelto a cruzar la frontera y los habían llevado de regreso.

El camión marrón estaba parado en un estacionamiento rodeado de una cerca de malla coronada con alambre de púas. Un edificio gris estaba al frente de ellos. Las dos banderas, una con estrellas y rayas y la otra con un sol dorado, que ondeaban encima de la entrada le confirmaron que no estaban en México.

¿Por qué tenía la sensación de que a él y a Alegría los

estaban llevando a la cárcel? ¿O era que los hospitales aquí lucían así?

—¿Qué está pasando? ¿Está María Dolores aquí? —preguntó Santiago. Sentía pánico. Tenían que salir, alejarse del peligro. Pero la persona que los había rescatado estaba bloqueando la puerta abierta.

—No. Ella tiene que quedarse en el hospital un tiempo. Sufrió más insolación que ustedes. Su situación es crítica.

—Entonces, ¿por qué estamos aquí? —Santiago sujetaba fuertemente la mano de Alegría.

Jorge se recostó contra la puerta abierta.

—Ustedes son menores sin ningún adulto y están ilegalmente en nuestro país. Aquí se van a hacer cargo de ustedes hasta que revisen su situación.

¿Qué situación? Santiago podía hacerse cargo de sí mismo y de Alegría. No necesitaba supervisión de adultos. Especialmente en este lugar que parecía una cárcel.

—¿Por cuánto tiempo? ¿Hasta que María Dolores salga del hospital?

—Honestamente no lo sé. Varía. Vamos, tenemos que entrar. —Jorge se movió hacia el lado para dejarlos salir.

Santiago no se movió excepto para mirar a Alegría, la niña que él había prometido cuidar.

—Tiene que haber alguna otra manera.

—Seguro. —Jorge se encogió de hombros—. Los llevo de regreso a México y verán cómo los tratará la policía ahí.

Policía, no. Regresar, no. No solamente por él sino también por Alegría.

—Claro —continuó Jorge—, si regresan a México, puede que tu hermana nunca los encuentre.

Este Jorge los había engañado. Dándoles una opción diez veces peor que la primera para ocultar que no había ninguna otra. Era inevitable para ellos ser admitidos en esta institución.

Santiago se bajó del camión antes de cargar a Alegría en sus brazos. Jorge los condujo hacia adelante con una mano sobre el hombro de Santiago. Y pensar que supuestamente era un amigo.

—¿Cómo está Princesa? —le preguntó Santiago a Alegría en un murmullo de dicha falsa.

—No sé. Desapareció. —Dijo las palabras, pero no lo sorprendieron. Él sabía que en este lugar no podía haber entidades invisibles.

—Va a volver, ya verás. Pero hasta que ella vuelva tenemos que ser valientes.

Tres escalones anchos llevaban a la puerta de cristal de entrada de esta institución. Jorge bajó la mano del hombro de Santiago para apretar un botón en la pared y hablar en inglés.

El pánico y la adrenalina se unieron con la comida mínima que había ingerido para alimentar su desesperación. ¡*Ahora, vete*! Santiago saltó los tres escalones como un potro en una carrera, sosteniendo a Alegría contra su pecho. La visión se le nubló, pero no se detuvo, forzándose para seguir adelante. Era la última oportunidad.

—¡Alé, alé! —La ovación de Alegría hacía que estirara más sus piernas, corriendo más aprisa. Se movió entre los vehículos hacia los portones abiertos.

¡Lo podía lograr! ¡Ellos podían lograrlo! Los portones abiertos tenían que ser una señal de posibilidades, de libertad.

Excepto que los portones comenzaron a cerrarse. Tenía que ser un truco, una alucinación de su cuerpo cansado y hambriento. No era ningún truco. Cuando llegaron a los portones se cerraron de golpe.

Empujó con su hombro contra el portón de metal antes de desplomarse despacio con su espalda contra los barrotes. Alegría desenroscó sus piernas de la cintura de él y se colocó sobre la falda de Santiago con la cabeza al pecho. Respirando con dificultad, Santiago golpeó su cabeza contra el portón varias veces. Debió de haber salido corriendo en cuanto Jorge abrió la puerta del camión. Lo habrían logrado.

Estúpido. Estúpido. Su corazón latía tan fuerte que parecía que se le iba a salir del cuerpo.

Su escolta caminó hacia ellos sin prisa, con las manos en los bolsillos de su pantalón marrón. Cuando Jorge llegó a ellos les ofreció la mano como había hecho cuando los había encontrado al lado del camino.

Alegría se viró sobre las piernas de Santiago para estar de frente a Jorge y puso sus manos en las caderas. Un gruñido salió de alguna parte. Le demoró un segundo a Santiago darse cuenta de que el gruñido venía de Alegría.

—Déjenos ir —exigió ella.

—Ustedes saben que eso no va a suceder. Pueden venir por las buenas y les darán más comida y agua. O llamo a dos guardias para que los separen y se los lleven a los dos a toda fuerza. Ustedes escojan.

Alegría estiró los brazos hacia atrás y jaló los brazos de Santiago, colocándolos alrededor de ella. Estuvieron así unos minutos hasta que Santiago sin haber recuperado todo el aliento dejó escapar un suspiro.

—Mamita, no sé qué otra cosa podemos hacer.

Ella dejó su actitud desafiante y se viró apretándose contra su pecho. Había tratado de salvarlo. Nunca nadie lo había defendido de esa manera. Él recostó su cabeza contra la de ella oliendo lo último que quedaba en su pelo del champú de frutas.

Despacio, con cuidado, se levantó con los brazos apretados alrededor de ella. Jorge caminó junto a ellos, esta vez sosteniendo firmemente el bíceps de Santiago mientras caminaban de regreso a la puerta de cristal.

Antes de llegar a la puerta Santiago miró sobre su

hombro para cerciorarse de que los portones continuaban cerrados.

Lo estaban.

Adentro una mujer con un uniforme azul les preguntó cuáles eran su país de origen y sus nombres.

Sin pruebas no podían mentir y decir que habían nacido en los Estados Unidos. Además, esto haría las cosas más difíciles para poder reunirse con María Dolores. Sus cuentos tenían que coincidir.

—Santiago García Reyes y ella es Alegría García Piedra. Somos mexicanos. Ella es mi hermana.

María Dolores definitivamente declararía que él era su hermano.

Lo más probable.

Eso esperaba.

La mujer uniformada les exigió que pusieran la punta de sus dedos sobre una pantalla. Una luz se encendió tomando sus huellas. Como si fueran criminales.

Otro oficial los llevó a través del detector de metales, el cual sonó. Le confiscaron la navaja, el encendedor y la moneda de un peso que Domínguez le había dado. No fue hasta este momento que Santiago notó que Jorge había desaparecido.

Una vez que hubieron pasado el detector de metales, los llevaron a una habitación blanca con luz fosforescente y sillas plegables. Había otras cuatro personas en esta habitación: una muchacha adolescente con los brazos cruzados sobre su pecho y el rostro escondido en el gorro de la sudadera, un niño mayor que Alegría, escondido debajo de dos sillas chupándose el dedo gordo, otro muchacho hecho un ovillo sobre tres sillas y un guardia que ocasionalmente levantaba la vista del periódico. En un lado las figuras combinadas de hombre y mujer indicaban que había un baño junto a la fuente de agua. Al frente de la puerta sólida por la cual ellos habían entrado había otra puerta con una ventana pequeña que tenía venas en forma de diamante a través del cristal.

Santiago colocó a Alegría delante de la fuente de agua.

—Bebe poquito a poco. No queremos enfermarnos.

Se levantaban de las sillas e iban a beber agua frecuentemente. Le daba algo a Santiago para hacer. También los ayudaba a llenar sus barrigas que hacían ruido del hambre.

Poco después, Alegría le jaló la camisa.

—Tengo que hacer pipí.

—Ahí puedes —señaló.

—Ven conmigo.

Lo comprendía. Él tampoco quería perderla de vista, aunque dudaba que el baño tuviera salidas adicionales. Le abrió la puerta y entraron justo cuando el guardia dijo en español:

—Solo se permite a una persona a la vez.

Santiago hizo como que no lo había escuchado y cerró la puerta detrás de ellos.

—Adelante. No voy a mirar.

El cuarto consistía en un inodoro y un lavabo y un espejo que evadió. Se echó agua en el rostro el cual le ardió por la quemadura del sol. El agua marrón y roja giró en círculo alrededor del lavabo blanco antes de drenar.

Cuando escuchó que se tiraba la cadena del inodoro, cambió de lugar con Alegría.

—Lávate las manos con jabón. Si te echas agua en la cara te va a doler, pero también se siente agradable. —Se colocó al lado del inodoro dándole la espalda a ella. El orinar le ardió más que lavarse el rostro y salía casi marrón. También tenía la sensación de no poder dejarlo salir todo. Como que en pocos minutos iba a tener que orinar otra vez.

La parte del frente de la camiseta de Alegría tenía un color mucho más oscuro que lo normal y el suelo frente al lavabo parecía un pequeño estanque. Su propia camisa tenía como un babero mojado. Por un segundo pensó en limpiar lo que habían ensuciado, pero enseguida cambió de opinión.

—La próxima vez solo una persona puede estar en el baño —repitió el guardia cuando salieron.

Santiago asintió sin comprometerse.

Cuando regresaron a la sala de espera, ya se había ido el niño que estaba debajo de las sillas. Un muchacho nuevo, más bien un hombre que un niño, con bigote y los músculos tatuados, entró por la puerta de acceso. Lo único que hizo fue descansar su barbilla en sus manos, pero con este tipo nuevo el guardia levantaba la vista del periódico con más frecuencia.

Los guardias rotaron antes de que la próxima persona fuera llamada a través de la puerta con la ventanilla. Este guardia se recostó contra la pared con los brazos cruzados sobre su pecho. Brazos que eran más grandes que el cuerpo de Santiago. Sentía sus ojos fijos en él y en Alegría cada vez que tomaban de la fuente de agua.

Santiago le dio la espalda al guardia esperando poder estar fuera de su vista y fuera de su mente. Los pelos en la parte de atrás de su cuello quemado por el sol le decían que el guardia continuaba vigilándolo. Una cámara como un ojo negro colgando del techo los vigilaba también.

Ignóralos y ellos te ignorarán a ti.

Le deshizo las coletas a Alegría. Usando sus dedos como un peine le desenredó todos los nudos que hacían que su cabeza luciera como un nido de ratas en vez de cabellos.

—Hazme un cuento, Santi —le susurró.

Mientras trabajaba con los dedos le narró un cuento que había escuchado muchas veces cuando tenía la edad de ella sobre la princesa que se enfrentó al espíritu del viento para defender a su gente.

—Y le dijo al viento que ella pertenecía con su gente y su gente pertenecía con ella y ninguna distancia podría cambiar eso —concluyó Santiago.

—¿Entonces ella salvó a su pueblo? —preguntó Alegría mientras él le volvía a hacer las dos coletas ahora polvorientas.

—Pues claro. Por que todas las princesas buenas y valientes que aman a su pueblo son más fuertes que cualquier espíritu que trate de lastimarlos.

Una oficial diferente a la que los había registrado entró en la habitación por la puerta con la ventanilla.

—Alegría García Piedra —dijo.

Santiago se levantó sosteniendo la mano de la niña. Juntos se acercaron a la oficial.

Ella sacudió la cabeza.

—No, solo la niña.

Su español no era bueno y su acento era muy fuerte, por lo que Santiago pensó que había usado las palabras equivocadas por error.

—Yo soy su hermano. Vamos juntos.

Volvió a sacudir la cabeza.

—Ella necesita baño y ver médico mujer. Tú no mujer.

Apretó la mano de Alegría. Lo que dijo sonaba como una excusa en vez de la verdad.

—A mí no me importa si una médica me chequea.

—No, esos son las reglas.

Santiago volvió a cargar a Alegría en sus brazos.

—Yo no la voy a dejar. Su mamá está en el hospital. Yo soy la única persona que tiene. Y ella es la única persona que tengo yo.

Un leve movimiento de la cabeza parecía indicar que la oficial los iba a dejar entrar juntos. Santiago se acercó a la puerta con la ventanilla. Pero dos brazos fuertes lo agarraron por atrás forzando a Santiago a que soltara a Alegría. La mujer le quitó los brazos de Alegría del cuello, haciendo que él se ahogara cuando accidentalmente presionó su garganta.

—¡Santi! —Alegría gritó mientras pateaba a la oficial detrás de ella.

—¡Alegría! —Santiago se lanzó hacia ella, pero el oficial continuaba sujetándolo fuertemente. Lo levantó en peso como si fuera una muñeca de trapo y lo alejó mientras la mujer hacía lo mismo con Alegría.

—Por favor, ella es mi hermana. ¡Alegría! —Se ahogaba con los músculos del oficial aplastando su cuerpo.

—¡Santi! —ella gritó por última vez antes de que la pasaran por la puerta con la ventanilla. La puerta se trancó sin más sonido alguno.

SEGUNDA
PARTE

CAPÍTULO 20

Centro juvenil de inmigración

Como venganza —Santiago estaba seguro de esto— lo mantuvieron en la sala de espera más tiempo que ninguna otra persona. Hasta un muchacho nuevo fue llamado enseguida.

Esto fue lo que consiguió al pasar más de una hora gritando por Alegría después de que se la llevaron. Paró cuando su garganta estaba tan reseca que no podía emitir ni una palabra más. Se atrevió a mirar por la ventanilla siniestra de la puerta, pero solo vio un pasillo. Cuando probó el picaporte, este cedió pero no se abrió.

Finalmente, agotado, abrazó sus rodillas contra su pecho meciéndose para adelante y para atrás con los ojos bien abiertos mirando la puerta que se llevaba a las personas pero no las traía de regreso.

Otro guardia cambió de lugar con el que era horrible y fornido. Pero este olía a carne asada y vegetales sazonados. El estómago de Santiago hizo ruido cuando tomó más agua para aplacar el hambre. Honestamente, no sabía a cuál de los dos guardias detestaba más.

Sintió como si hubieran pasado días antes de escuchar su nombre. Se levantó de un salto y corrió hacia la puerta. Alegría debía de estar preocupada. Pero estaría con ella pronto. Él se iba a asegurar de que ella no volviera a preocuparse.

Su escolta no era mucho mayor que él. Tenía acné en el rostro y cabellos negros y grasientos. Llevó a Santiago por el corredor y abrió la puerta de un cuarto con una ducha.

—Quítate toda la ropa y asegúrate de lavar todas las partes del cuerpo: el cabello, los sobacos, las partes privadas, los pies. Hay jabón en la pared. —Su español sonaba mexicano y Santiago no pudo evitar sentirse traicionado. Este guardia le estaba dando la espalda a su propia gente trabajando en este lugar.

Una cortina ofrecía un poco de privacidad, pero la presencia del guardia detrás de ella no le ofrecía confianza a Santiago. De todas maneras, siguió las órdenes. El agua tibia le picaba en su piel quemada. El polvo estaba incrustado en su cuero cabelludo y aún con el cabello tan corto tuvo que restregarse dos veces antes de que el agua saliera limpia. Al lavarse el resto del cuerpo, el contraste entre su brazo y su barriga lo asustó. Casi negro comparado con el color marrón claro que debía de ser. Rápidamente cerró el agua pues no quería ver más nada.

El guardia le entregó una toalla y unas chancletas. La ropa y los zapatos de Santiago habían desaparecido por arte de magia. Tenía la triste sensación de que no los volvería a ver más. El último vínculo con María Dolores ya no existía.

Aún goteando agua, lo condujeron a un salón con una silla siniestra. Máquinas extrañas hacían ruido y parpadeaban como comunicándose con la otra persona en la habitación: un hombre mayor, blanco, con cabellos blancos y bigote blanco, vestido con una bata blanca. Pero tenía los ojos rojos como si no hubiera dormido durante varios días.

El hombre le habló en inglés. Como Santiago no se movió, el hombre le hizo señas para que se quitara la toalla. Santiago temblaba no solo por la temperatura fría. El miedo hacía que los huesos le temblaran más que nunca desde que había llegado a esta institución. Un miedo que no había sentido desde la última vez que había estado en la casa de la malvada. Cada vez que el hombre se acercaba, Santiago temblaba. Cada vez que lo tocaba se encogía. Nadie lo había examinado antes.

Pero nada malo sucedió. El hombre colocó los instrumentos fríos en su cuerpo o en su boca por unos segundos y después los quitó. Un pinchazo en un brazo le sacó una muestra de sangre y varios pinchazos en el otro brazo le inyectaron cosas en su cuerpo.

Al final el médico le dio a Santiago una pomada y le indicó que se la pusiera en el rostro, los brazos y el cuello. Sintió alivio instantáneo en su piel frita por el sol y se untó mucho más. El médico le indicó a Santiago que se envolviera de nuevo en la toalla y lo dejó salir por la puerta.

—Recibes ropa limpia tres veces a la semana —le dijo el guardia con el rostro con acné que lo esperaba con un montón de ropa. El montón de algodón y poliéster le pesaba en los brazos. ¿Estaría él ahí el tiempo suficiente para necesitar ropa nueva? Ropa interior y medias blancas, pantalón de deporte con un cordel en la cintura, camisa de manga larga y sudadera grises. Las chancletas eran evidentemente los únicos zapatos aceptables.

Una vez que Santiago estuvo vestido (el guardia le tuvo que buscar ropa interior más pequeña por ser tan flaco) llegaron a su último destino: una habitación repleta y semialumbrada donde la temperatura era casi para congelarse. El guardia le entregó un cepillo de dientes envuelto en plástico y una cosa metálica que crujía como papel de aluminio. A juzgar por los cuerpos que brillaban amontonados en el piso esta cosa era una especie de colcha. Era raro que se esperara que este papel metálico pudiera mantenerlo caliente. Sus ojos buscaron dos coletas o quizás cabellos negros hasta los hombros ahora limpios y esparcidos en el suelo.

Excepto que los noventa y pico de cuerpos eran demasiado grandes para ser Alegría. Aún bajo la escasa iluminación una segunda mirada confirmó que todos eran adolescentes y eran varones.

CAPÍTULO 21

—¿**Dónde está Alegría? ¿Dónde están** las niñas?
—preguntó Santiago.

Pero el guardia con acné hizo un sonido para que se callara y varios de los muchachos en el piso se viraron dormidos. Otro guardia, este calvo y con una barriga grande, caminó hacia ellos y señaló un espacio microscópico en el suelo abarrotado.

—Por favor, mi hermana. ¿Dónde está? ¿Está bien? —susurró Santiago.

—Todas las niñas duermen en otra área —murmuró el guardia calvo—. Por su seguridad.

¿Su seguridad? Pero si era *su* responsabilidad mantener a Alegría segura.

—Por favor, dígame que ella está bien.

Los guardias lo ignoraron y otra vez señalaron hacia el piso.

Demasiado cansado para volver a quejarse, sabiendo que no lograría nada con estos tipos esta noche, se movió entre los cuerpos dormidos y se dejó caer en *su* espacio. Debido al cansancio o el hambre, su mente dejó de funcionar antes de que terminara de cubrirse las piernas con la colcha metálica.

La alarma que sonaba después de lo que habían parecido segundos hizo que Santiago se parara de un salto. Con el corazón que le palpitaba, los oídos que le zumbaban, Santiago observaba a los adolescentes que se despertaban. Unos bromeaban con los otros, algunos maldecían que tuvieran que levantarse tan temprano. Santiago volvió a sentarse en el suelo.

Estaba rodeado de adolescentes grises y paredes grises, luces fosforescentes y ninguna ventana. Había varias puertas cerradas en una pared, y por la que estaba abierta se podía escuchar el sonido de un televisor. La mitad de los chicos se pusieron en fila para ir al baño. La salida con una puerta metálica necesitaba la tarjeta que servía de llave de uno de los guardias.

El guardia con acné que aún estaba de guardia se acercó y lo pateó en la pierna. No tan fuerte como para que le doliera, pero de todas maneras era una patada.

—Levántate.

Santiago se paró aún sosteniendo la colcha metálica. No iba a llorar.

Él comprendía a los niños pequeños. Con los adultos, sabía más o menos cómo comportarse. Pero este grupo intermedio, de su edad, era una especie completamente extraña. Sus primos mayores nunca jugaron con él, no lo querían alrededor de ellos. Y amigos... Nunca estuvo en el mismo lugar el tiempo suficiente como para hacer amigos y nadie se había preocupado de enviarlo a la escuela.

Sabía lo suficiente sobre los muchachos adolescentes para no echarse a llorar. Iba a tener que hacer un esfuerzo grande, pero sabía que lo podía lograr. Debía mantenerse fuerte por Alegría.

Se colocó su colcha metálica sobre el brazo. La delgada colcha lo había mantenido caliente durante la noche en este salón helado. Respiró profundamente antes de dirigirse a un guardia nuevo.

—Con permiso, ¿cuándo puedo ver a mi hermana?

El guardia, rubio con el rostro colorado, sacudió la cabeza.

—Mi hermana —repitió Santiago. Se golpeó el pecho para comunicar «mi». Para «hermana» puso su mano a la altura de ella y trató de imitar las coletas en su cabeza—. ¿Dónde está?

El guardia se encogió de hombros y dijo algo en inglés que Santiago no entendió.

—No vas a lograr nada con él, bróder —dijo un tipo

con un acento extraño. Santiago se viró. Tenía una cicatriz a lo largo de una mejilla donde por un segundo se posó el reflejo de la colcha metálica antes de que se la colocara en el bolsillo.

—Este tipo —señaló hacia el guardia—, no sabe ni una palabra de español. O al menos finge que no sabe. Vos estás perdiendo el tiempo hablando con él.

Otra vez Santiago notó su acento y que usaba palabras que él no había escuchado antes. Él había entendido el contenido, pero nunca había oído el uso de «vos» en vez de «tú». Por lo menos sonaba amistoso.

—¿Sabe usted a quién le puedo preguntar sobre mi hermana y cuándo la podré ver? —Santiago usó la voz formal, lo cual hacía parecer como si quisiera adularlo, pero si lo llevaba a obtener respuestas, estaba dispuesto a ser muy amable con cualquiera que pudiera ayudarlo.

Acento sacudió la cabeza al igual que había hecho el guardia.

—No lo lograrás. No aquí. No la vas a ver y los guardias no te van a decir nada sobre ella. Dicen que es para mantener a las personas seguras. Personalmente, creo que es para que ellos estén en control. Solo los matones separan a una familia.

La colcha que brillaba se deslizó del brazo de Santiago. No podía ver a Alegría. Su promesa rota de mantenerla a salvo yacía desmoronada en el suelo al igual que la delgada colcha metálica. Aún así, no podía llorar.

—¿Tiene usted hermanos aquí también?

—Por favor, no tenés que seguir usando «usted» conmigo. Solo tengo dieciocho años, no soy tan mayor. —Acento sonrió para aligerar el ambiente y luego se volvió a poner serio—. No, no tengo hermanos, pero llevo aquí mucho tiempo. El tiempo suficiente para saber cómo funcionan las cosas. No vas a volver a ver a tu hermana hasta que salgas de aquí.

Aunque no lo dijo, dio a entender: *si logras salir.*

Así que esto sí era una cárcel. Nadie le había dicho que esto podía suceder si él llegaba al otro lado. Pero nadie le había dicho nada.

—¿Y los padres? —Santiago preguntó.

Acento apretó los labios y apartó su mirada.

—Esto es una institución para jóvenes y estamos divididos de acuerdo a la edad y el sexo. Ningún adulto vive aquí. No sé de nadie a quien le hayan permitido visitar a un familiar. Quizás el lado de las hembras es diferente.

Otra vez las palabras que no había dicho tenían otro significado. Él no creía que las hembras tuvieran reglas diferentes. Lo cual significaba que si María Dolores estaba viva y salía del hospital, la llevarían a otro lugar y probablemente no volvería a ver a Alegría más. Si algo le pasaba a Alegría…

Él nunca lo sabría.

—No me siento bien. —Santiago se restregó la cabeza. ¿Y si Alegría también estaba enferma? Probablemente estaban sintiendo los mismos efectos del agotamiento por calor.

Acento puso su mano en la frente quemada de Santiago y lo miró con sus intensos ojos verdes.

—Tenés fiebre. Y parecés tener hambre. ¿Te dieron algo de comer cuando llegaste?

—Nada.

—Basuras estúpidas, inhumanas, privilegiadas —murmuró Acento—. Por lo menos el desayuno es en media hora. Te vas a sentir mejor una vez que hayas comido. —Señaló la colcha metálica que se le había caído a Santiago—. No tenés que hacerlo, pero mejor doblá la colcha y ponétela en el bolsillo. De esta manera no te va a tocar una que esté rota a la hora de dormir. No las reemplazan con regularidad. Poné en el bolsillo tu cepillo de dientes o cualquier otra cosa que querés mantener segura, si no alguien te las puede robar.

Santiago asintió dándole las gracias y demostrando que había entendido. No sabía qué otra cosa quería mantener segura. Le habían quitado la navaja y el encendedor y había perdido la mochila en algún lugar en el desierto.

—¿Es por eso que nos dan estas cosas en vez de colchas de verdad? —continuó hablando Santiago mientras doblaba la colcha—. ¿Porque no ocupan mucho espacio?

Acento sonrió.

—Es la razón más realista que he escuchado. Algunos

tipos creen que se pueden usar para comunicarse con los de afuera. Pero aún no han tenido éxito. Son en realidad para controlar las plagas y enfermedades. Las mantas de verdad están infestadas con toda la gente que entra y sale.

Eso tenía sentido. La tía Roberta había hecho que Santiago hirviera las ropas de sus primos después de la epidemia de piojos.

—Así que tenemos que usar este papel de aluminio.

—Y es la razón por la cual mantienen la temperatura tan baja.

Se unieron a los otros muchachos que estaban haciendo fila para el baño.

—¿Tenés nombre? —Las palabras que dijo eran casi idénticas a las que había usado María Dolores cuando lo conoció, excepto que Acento volvió a usar la conjugación del «vos» en vez de «tú».

—Sí, es Santi. —Nunca le había pedido a nadie que lo llamara así, pero le recordaba a Alegría y le hacía sentir que la tenía cerca—. ¿Y tú?

—Aquí me llaman Guanaco.

Eso explicaba su acento. Venía de El Salvador.

—¿Pero no es esa una palabra ofensiva?

—Ey —admitió el salvadoreño—, el tipo que comenzó a llamarme así quería insultarme. Pero solo es un insulto si lo permitís. Yo lo acepto. Estoy orgulloso de quien soy.

—Yo nunca he estado orgulloso de quien soy. —Las

palabras salieron de la boca de Santiago sin poder evitarlas.

Guanaco se viró y miró a Santiago con dureza.

—Pues entonces cambiá eso. Sé alguien que se siente orgulloso de quien es.

María Dolores le había dicho algo parecido.

—¿Aún aquí? —Santiago señaló las cuatro paredes grises que los separaban de sus familias como si fueran criminales.

Guanaco dio varios pasos hacia adelante en la fila para el baño con sus ojos verdes mirando fijamente a Santiago.

—Especialmente aquí.

El baño al cual entraron tenía cinco urinarios, cinco cubículos con inodoros, cinco lavabos y cinco duchas, además de un guardia sentado en una silla cerca de los lavabos.

—¿Siempre hay alguien aquí? —susurró Santiago en el oído de Guanaco.

El muchacho mayor asintió lentamente.

—Siempre. Aún si venís durante la noche, uno de los guardias de la noche te sigue hasta aquí. Hace varios meses unos tipos golpearon a un muchacho en una de las duchas. Los guardias trataron de restringir el uso de los baños y entonces los muchachos orinaban donde querían. Ahora tenemos un monitor.

—¿Nunca tenemos privacidad?

—Aquí no hay nada privado. Siempre te están vigilando.

Guanaco entró en un cubículo que estaba desocupado. El urinario que estaba más próximo al guardia se desocupó, pero Santiago dejó pasar al próximo muchacho para que lo usara. Normalmente no le hubiera dado cabeza que alguien lo pudiera estar mirando, pero el hecho de que el baño necesitara un guardia para que fuera un lugar seguro lo hacía sentirse vulnerable e inquieto.

Cuando otro cubículo se liberó, entró y recostó la cabeza en la pared detrás del inodoro. Dos lágrimas grandes le corrieron por las mejillas. No podía hacer esto. El estar aquí sin saber nada. Nunca antes había necesitado información tan desesperadamente. ¿Qué podía hacer para saber de Alegría? ¿Para que ambos pudieran salir? Por lo que había visto y oído, nada.

Se secó los ojos con el papel sanitario con cuidado de no restregarse duro pues entonces sus ojos estarían rojos y todo el mundo sabría que había llorado. Hizo lo que tenía que hacer y se lavó las manos con jabón antes de echarse agua fría en el rostro. Para el que lo estuviera observando, parecería que hacía esto para despertarse.

Guanaco lo esperó afuera del baño sin hacer comentarios sobre el tiempo que Santiago se había demorado. Tenía con él dos amigos que se habían duchado.

—Éste es Pinocho —Guanaco le presentó un muchacho con la nariz larga como un pico y después señaló hacia el otro que tenía espejuelos gruesos—, y Mosca.

—¿Tienes familia afuera? —preguntó Pinocho mientras se ponían en fila para el desayuno.

—Sí —mintió Santiago sin pensarlo.

—Tenés suerte —dijo Guanaco—. Es con personas como yo, que no tienen a nadie, con quien no saben qué hacer.

Sus palabras le daban vueltas en la mente a Santiago. En realidad no tenía familia fuera de esta institución. No con María Dolores muerta o yendo hacia otro centro de detención. Nunca había conocido a su hermana, María Eugenia, y no sabía dónde vivía. Quizás anoche no lo habían hecho esperar tanto tiempo como castigo sino porque no sabían qué hacer con él. Era igual que cuando vivía con la malvada. Él era el parásito del cual nadie se podía deshacer.

—¿Entonces te van a mandar de regreso? —preguntó Santiago.

Guanaco se encogió de hombros.

—Espero que no, pero llevo aquí más de cinco meses y acabo de cumplir dieciocho años. No me van a dejar aquí mucho más tiempo. No sé si me manden a un centro para adultos o no. A mis padres los mataron en El Salvador. A mí me atacaron y pedían rescate en México antes de escapar. —Señaló la cicatriz en su rostro bien parecido—. Llegué a la frontera pidiendo asilo. Supuestamente es la manera correcta de entrar al país en vez de quedarte más tiempo cuando vienes de visita o entrar a escondidas. No les gusta que hagas eso.

Entrar a escondidas. Lo que él y María Dolores habían hecho. La posibilidad de hacerlo de la «manera correcta» no se le había ocurrido, pero tampoco entendía qué cosa era «correcta». Guanaco dijo que había seguido las reglas y de todas maneras había terminado en este centro. ¿En ese caso cómo uno podía saber lo que era correcto? Nadie, ni la migra ni nadie que trabajara en el gobierno parecía saber las reglas.

—Espero que te den asilo —dijo Santiago.

—Gracias, bróder —Guanaco le dio una palmada en la espalda—. También te deseo suerte a vos.

Un guardia al frente y otro al final de la fila los escoltaron fuera del área principal y los llevaron al pasillo cerrado con llave donde Santiago había estado la noche anterior. En fila de uno en uno, separados por medio metro, con los brazos detrás de la espalda, sin tocar nada ni a nadie. Cuando uno de los muchachos dijo que no tenía hambre, los guardias lo forzaron a estar en la fila. Santiago buscó frenéticamente una señal de las niñas en el laberinto de corredores, pero no vio a nadie. Llegaron a la cafetería que, de acuerdo con Mosca, «servía a medio mundo» antes de que los muchachos pudieran finalmente comer.

El desayuno consistía en leche con cereal seco y frutas. Santiago comenzó a llenar un plato hondo con un cereal de colores, pero Pinocho y Mosca llenaron dos platos hondos. Su estómago rugió, pero recordaba cómo su cuerpo había rechazado la comida ayer.

—¿Cuántas comidas nos dan en este lugar? —preguntó.

—Tres. Generalmente no hay suficiente así que agarra lo que puedas — dijo Mosca con acento guatemalteco.

—Y cuando hay suficiente es porque más nadie lo quiere —añadió Pinocho con su acento mexicano—. No trates de sacar comida a escondidas de la cafetería. Nos registran antes de salir para evitar eso.

Había doce muchachos en fila detrás de Santiago. Debía de haber suficiente para ellos si escogía el cereal de colores y el de color marrón que era más nutritivo.

—Agarrá dos naranjas también —dijo Guanaco señalando las frutas.

La mano de Santiago se había extendido para escoger una.

—¿Dos?

Guanaco peló un pedazo pequeño de la cáscara para enseñarle la parte blanca del interior.

—Sí, y comé lo blanco también. Estimula tu sistema inmunológico. Necesitás todas las vitaminas que podés conseguir. Este no es un lugar para enfermarse. A dos de los niños pequeños se los llevaron al hospital. Trataron de ocultárnoslo, pero todos vimos cuando llegó la ambulancia.

Santiago los siguió a las largas mesas pegajosas con

bancos a ambos lados. Los otros muchachos conversaban mientras él comía su primera comida en mucho tiempo. Solo había comido un poco del cereal colorido cuando empezó a sentir náuseas. Quizás el cereal con azúcar no había sido la mejor opción para su primera comida, no importaba cuán bonito y apetitoso fuera. No podía mirar el cereal marrón que se había convertido en una pasta. Cerró los ojos mientras se llevaba una naranja a la nariz para calmar su estómago.

Guanaco le puso la mano sobre el hombro.

—Les pasa a todos, pero te vas a acostumbrar. Los domingos tenemos huevos de una caja y salchichas que han mandado a muchos directamente al inodoro.

Mosca gruñó asintiendo.

Santiago abrió un ojo mientras mantenía la naranja en la nariz.

—¿Cómo vienen los huevos en una caja?

—No tengo la menor idea, bróder, pero confía en mí, así son. —Guanaco hizo una mueca.

Santiago bajó la naranja y abrió ambos ojos. Esperó unos segundos para estar seguro de que podía hablar.

—¿Por qué me estás diciendo todo esto? ¿Por qué me estás ayudando? No me conoces.

—Quizás no a vos exactamente, pero sé lo que estás pasando. —La mirada triste regresó a sus ojos verdes—. Yo estoy separado de alguien que quiero. Sucedió mientras cruzábamos México. No una hermana sino una novia. No sé dónde está, ni siquiera si está aún viva. Pero por lo menos sé que no ha estado en este centro.

—¿Cómo sabes eso? —Así que había manera de conseguir información sobre las niñas.

Guanaco y sus dos amigos se pararon para devolver las bandejas.

—Es algo que siento en mi corazón. Lo sé.

Santiago se quedó sentado con la comida un rato más. El guardia dijo que les quedaban dos minutos. Una mujer de mediana edad con delantal y redecilla en el cabello salió para recoger las bandejas. Mantuvo la cabeza baja y como resultado todos la ignoraron. Un plan comenzó a formarse en la mente de Santiago. Comió dos cucharadas más de cereal y llevó su bandeja al carrito.

—Gracias por la comida —murmuró sabiendo que podían meterse en problemas por estar hablando.

Ella levantó la cabeza sorprendida y le susurró:

—De nada.

CAPÍTULO 22

Santiago miró el techo gris industrial, con la colcha metálica cubriendo su cuerpo y sus brazos debajo de su cabeza como almohada. Sentía el piso del cemento frío, duro y sucio contra su espalda. Las luces en el techo estaban menos brillantes que durante el día, pero eran suficientes para iluminar las figuras que dormían alrededor de él. Pinocho y Mosca murmuraban del otro lado de Guanaco. Algunos muchachos estaban encogidos en posición fetal apretando con fuerza el cuello de sus sudaderas para ocultar el hecho de que estaban llorando. Otros se movían después de varios segundos y el ruido de sus colchas metálicas demostraba su desesperación por encontrar un espacio que fuera menos incómodo que los demás.

La falta de una cama no le molestaba pues era así que

había dormido la mayor parte de su vida, a veces con una colcha ripiada y otras veces sin nada. Tampoco eran las luces las que lo mantenían despierto. Podía dormir con cualquier ruido y lo había hecho: gritos, golpes, fuego. No, las incomodidades físicas casi ni las notaba. Eran los pensamientos que cruzaban su mente. Demasiado cansado para asumir la posición fetal de los llorones, él miraba a las luces arriba.

Guanaco, a su lado, permanecía totalmente quieto. Demasiado quieto para estar dormido. Los cuatro habían conseguido una esquina, un espacio maravilloso comparado con tener que estar en el medio de la sala. Guanaco había explicado que el secreto era llegar ahí de primeros. No importaba cómo llamaran a este lugar, una institución temporaria de inmigración, o cualquier otro nombre, Santiago se sentía sentenciado a la cárcel.

Y había dejado que sentenciaran a Alegría a este lugar también. No en balde no podía dormir.

Se movió de lado con la colcha haciendo mucho ruido. Casi podía abrazar la pared con su brazo horizontal sobre el cemento. Se acordaba del último día en el desierto (¿había sido solo ayer?) y el peso de Alegría en su espalda. Aún en su estado de deshidratación y cansancio la presencia de ella le brindaba consuelo. Con un poco de imaginación podía sentir su calor y su pulso como si estuviera ahí mismo, del otro lado de la pared.

La fantasía relajó su mente. Quizás al fin se podría dormir. Aún con el piso duro, la habitación iluminada y el piar de casi cien adolescentes.

Excepto que alguien dejó escapar un fuerte pedo, el cual fué amplificado por el techo alto. Hubo silencio por unos segundos antes de oírse una risa reprimida a través de toda la habitación. Después otra y otra hasta que las carcajadas se oyeron por todas partes. Una risa disimulada escapó de los labios de Santiago.

—Shh —uno de los guardias nocturnos los reprimió.

El silencio duró menos de un segundo antes de que alguien forzara un fuerte eructo, lo cual ocasionó aún más risas. Otra persona eructó y otro respondió con un ruido del sobaco.

—¡Cállense! —gritó el guardia.

Un coro de ruidos con los cuerpos continuó cada vez que había silencio por más de un segundo. Santiago se viró acostándose sobre su estómago y escondiendo su cabeza debajo de la colcha metálica y de sus brazos. Aún así podía escuchar a los guardias caminando alrededor de ellos, mandándolos a callar con patadas.

—¿No saben los guardias que ellos se callarán cuando no les hagan más caso? —murmuró Santiago para sí mismo. Sus primitos siempre se comportaban peor cuando tenían un público.

—Por lo menos no están ladrando —murmuró

Guanaco—. La noche que eso sucedió consiguieron que los coyotes afuera aullaran en respuesta.

—¿Ha sido alguna vez fácil poder dormirse aquí? —Santiago levantó la cabeza del piso y se viró para estar de frente a la pared.

Un ligero ruido indicó que Guanaco había sacudido la cabeza.

—No durante el tiempo que yo he estado aquí.

CAPÍTULO 23

Durante el segundo día que Santiago llevaba ahí, un muchacho comenzó a gritar en cuanto el guardia lo entró a la sala repleta de muchachos.

—¿Dónde están los teléfonos? ¿No puedo hacer una llamada telefónica?

El guardia con el rostro rojo era el que no sabía o fingía no saber español. Patterson, como Santiago había escuchado que lo llamaban, tenía un talento para ignorar a cualquier otra persona que no fuera un guardia.

Al igual que lo había ayudado a Santiago, Guanaco informó al recién llegado:

—Lo siento, bróder, aquí no hay llamadas telefónicas. Tenemos menos derechos que los asesinos.

—Pero nadie sabe que estoy aquí. ¿Cómo me van a rescatar?

—Deja crecer tu pelo —murmuró Pinocho entre dientes—. Consigue una cuchara y empieza a cavar.

Guanaco engurruñó los ojos mirando a su amigo antes de virarse hacia el recién llegado.

—Te van a hacer una entrevista en un par de días, bróder. Ahí les das tu información para que ellos le dejen saber a tu familia qué estás aquí.

Magnífico, todo esto sonaba muy bien. Excepto que Santiago no sabía cómo comunicarse con María Dolores, ni sabía si aún estaba viva. Lo que era más urgente era mandarle un mensaje a Alegría. Pero sus caravanas a la cafetería y al área de afuera estaban planeadas para que no se cruzaran con los demás muchachos en este centro en el que compartían las mismas instalaciones. Aunque algunos muchachos juraban que habían visto brevemente algunas muchachas adolescentes un par de veces. Esta mañana Santiago había escuchado por un breve segundo a alguien que lloraba mientras caminaban en fila para desayunar. Esto le hizo recordar que no estaban solos. En algún lugar de este edificio gris Alegría lo estaba esperando. Tenía que ver cómo se podía poner en contacto con ella.

★   ★   ★

Santiago mantuvo la cabeza baja y movió la tierra con la punta de su chancleta. A veces solo una vez al día, otras dos veces, podían pasar tiempo afuera en el área «de juegos» que solo era un pedazo de tierra rodeada de una cerca alta coronada con un alambre de púas. No tenían pelotas y solo les era permitido correr cuando ciertos guardias estaban de turno. Pero, al igual que la cafetería, esta área era usada también por niños más pequeños y por las niñas. Una hebilla de pelo rota que había encontrado en la tierra lo probaba. Si él pudiera escribir el nombre de Alegría en la tierra, ¿ella lo vería antes de que alguien lo pisara? ¿Sabría ella que él lo había escrito y que significaba que la extrañaba y que pensaba en ella todo el tiempo? Era un riesgo que estaba dispuesto a correr.

Solo tenía que aprender a escribir.

—Oye, Guanaco, tengo algo para ti. —Un muchacho de alrededor de catorce años, pero más bajito que Santiago y con hombros anchos, se acercó a ellos.

—No estoy interesado, Chismoso —dijo el chico mayor saltando en el mismo lugar mientras sus amigos hablaban con otros chicos.

Chismoso se recostó contra la cerca.

—No sabes qué cosa es.

—No me interesa — dijo Guanaco mientras continuaba saltando.

Por su acento, el otro muchacho parecía ser mexicano, pero Santiago no sabía de qué lugar.

—Tus días aquí están contados, amigo.

—Supe eso desde el principio.

Santiago escuchó el tono formal de Guanaco y vio sus ojos engurruñarse cuando lo llamó «amigo».

Chismoso se encogió de hombros y se alejó. No había ido muy lejos cuando llamó a otro muchacho.

—Mira, burro, tenemos espaguetis esta noche. Paga.

Los mensajes secretos en la tierra fueron olvidados por el momento mientras Santiago se acercaba a Guanaco, quien dejó de hacer ejercicio.

—¿Es Chismoso su nombre de verdad? —preguntó Santiago.

Guanaco se encogió de hombros.

—Es como le dicen todos.

El hecho de que Chismoso tuviera ese apodo no sorprendió a Santiago.

—¿Qué cosas sabe él? —preguntó Santiago mientras le daba vueltas a una idea.

—Varias. Y casi siempre son verdad. —Guanaco entrelazó sus dedos en la cerca y se recostó en sus hombros musculosos para estirar la espalda—. Pero el averiguar algo tiene precio. Yo no lidio con él. No me gusta deberle a nadie.

Pero Santiago no lo dejó tranquilo.

—Si quisiera saber cómo está mi hermana, ¿Chismoso lo podría averiguar?

—Es una suposición razonable. —Guanaco le dio la espalda.

Santiago sintió que no estaba de acuerdo.

—No quieres que hable con él.

Esta vez Guanaco se le paró de frente. A pesar de la diferencia de edad tenían casi la misma estatura.

—No, bróder, no estoy diciendo eso. Las personas tienen que tomar sus propias decisiones.

Santiago miró a Chismoso, que continuaba hablando con el muchacho que había llamado Burro. Un apodo que de seguro ese muchacho no se había dado a sí mismo.

—Chismoso fue el que empezó a llamarte Guanaco, ¿sí?

—Había otros diez muchachos de El Salvador cuando llegué, pero fui yo al que llamó con el apodo racista.

¿Qué nombre le daría Chismoso a Santiago? Sería uno que a Santiago no le iba a gustar. Excepto que Chismoso no sabía que había muy pocas cosas que a Santiago no lo habían llamado antes.

La voz de Santiago se suavizó.

—¿Me puedes hacer un favor?

Pero Guanaco sacudió la cabeza.

—Yo no me meto en ese tipo de negocio.

—¿Es que —Santiago movió la chancleta de un lado para el otro—, quería preguntar si me puedes escribir el nombre de mi hermana aquí en la tierra? Quizás lo vea y así puede saber que estoy pensando en ella.

El rostro de Guanaco se relajó en una sonrisa.

—Sí, está bien. Puedo hacer eso.

—Gracias. —Y aunque no sabía lo que significaba esta palabra se la dijo—: Bróder.

—Alfaro. —Patterson, el guardia que nunca les hablaba, gritó a través del patio.

Guanaco enderezó sus hombros y exhaló profundamente. Los otros noventa o cien adolescentes que estaban afuera pararon de conversar y de jugar. La expresión de superioridad en el rostro de Chismoso gritaba: «Te lo dije».

Un grupo se situó detrás de Guanaco mientras él se dirigía hacia Patterson.

—¿Voy a salir? —Guanaco le preguntó al guardia, e inmediatamente cambió para el inglés—. *I'm free?*

Pero Patterson solo movió su cabeza hacia la puerta en respuesta.

Los músculos en el rostro de Santiago se contrajeron. Guanaco se iba. Él deseaba que Guanaco se quedara o, mejor aún, que él pudiera irse con Guanaco. Tragó y le ofreció la mano a Guanaco, el cual la aceptó.

—*No touching!* — gritó Patterson. Como no entendía lo que quería decir, Santiago soltó la mano de Guanaco.

—Espero que puedas encontrar a tu novia — murmuró Santiago.

—Yo también. —La confianza que Guanaco siempre tenía le falló. Se viró y les dijo adiós a Pinocho, Mosca y a los otros muchachos con una sonrisa que no le llegaba a sus ojos verdes.

Santiago tragó aún más fuerte mientras observaba a su único amigo seguir al guardia afuera. Cualquier decisión que el gobierno tomara con relación a Guanaco, Santiago deseaba que fuera favorable.

CAPÍTULO 24

Después de la ida de Guanaco, Santiago se retrajo. Pinocho y Mosca le ofrecieron sentarse con ellos durante las comidas, pero Santiago rehusó. No tenía nada que decirles a ellos. No sabía cómo hablar con otros muchachos de su edad. Además, el comer solo le daba la oportunidad de planear las cosas.

Cuando los guardias decían que se había terminado el tiempo de comer, algunos muchachos dejaban sus bandejas sobre las largas mesas. Solo le llevaba a Santiago unos segundos extra recoger las bandejas y llevarlas a su lugar. No era tan diferente de lo que había hecho en Capaz. La segunda vez que Santiago hizo esto, la señora que salía al final de la comida para limpiar recibió las bandejas de sus brazos.

—No tiene que hacer esto —susurró su agradecimiento con respeto.

—Ya sé —murmuró Santiago. Excepto que tenía que ayudarla.

Durante una comida en la noche se presentó mientras recogía envolturas próximas al basurero.

—Soy Santiago.

—Y yo, Consuelo.

Quería hablar más, pero Patterson le gritó que dejara de perder el tiempo y se pusiera en fila para regresar a la sala grande. Ya entendía eso dicho en inglés.

Al día siguiente, en cuanto Consuelo salió, cargó su plato hondo de desperdicios de leche con cereal y cáscaras de naranja para ponerlos en el basurero. Excepto que «accidentalmente» tropezó esparciendo la pasta del cereal con leche por todo el suelo.

—¡Ay, perdóneme! —se disculpó y agarró varias servilletas para ayudar a Consuelo a limpiar el desastre. Con las dos cabezas juntas él susurró—: ¿Podría averiguar sobre mi hermana, Alegría? Tiene cinco años y dos coletas.

Eso no le iba ayudar a Consuelo. Era María Dolores la que peinaba a Alegría así, era imposible imaginar a uno de los guardias haciéndole ese peinado.

—Preguntaré — dijo Consuelo sin titubear—. ¿Quiere que le dé algo?

¿Qué podía darle? Todo lo que tenía era un cepillo de

dientes y una colcha metálica. Todo lo que quedaba en el comedor era comida derramada y bandejas. Miró hacia los guardias. Una fila larga estaba formada para dejar el área mientras registraban a cada muchacho para cerciorarse de que no estaban escondiendo comida.

Consuelo lo tocó en el hombre y le dio un pedazo de papel arrugado y una bolígrafo. Pero él no sabía escribir, ni siquiera su nombre. No todavía. Pero esto iba a cambiar muy pronto pues tenía un motivo. Por ahora haría lo mejor posible. Dibujó la cabeza de un animal que pudiera ser confundido con una vaca o una lagartija si no fuera porque tenía una crin que flotaba y un solo cuerno entre las orejas. Por hoy eso bastaba.

—Apúrate, chico —un guardia lo llamó desde la puerta. Consuelo escondió el pedazo de papel en su delantal en lo que Santiago agarró las servilletas mojadas del piso y las botó antes de apurarse hacia la puerta. Por primera vez desde que había llegado a esta institución, sonrió.

Este centro los proveía de enseñanza los lunes y los jueves. Cada muchacho debía asistir por dos horas en la mañana o en la tarde, pero dependiendo del guardia había veces que la mitad de los muchachos se quedaba mirando la tele. Las lecciones tenían lugar en una pequeña habitación próxima al área principal. Mesas largas de plástico con sillas plegables de un lado hacían las veces de pupitres.

Una pizarra blanca estaba en un caballete al frente, al lado de una pequeña mesa cuadrada para el maestro. No se permitían bolígrafos, nada que los entusiasmara a escribir en los cuerpos. Hasta el marcador para la pizarra blanca colgaba de un cordel del cuello del maestro. Era negro, porque azul o rojo eran asociados históricamente con los colores de las pandillas.

Su maestro, el señor Dante, era de Honduras. Joven, alto y delgado con espejuelos redondos, vaqueros apretados y la corbata suelta, se paseaba por el salón sin poder estarse quieto ni por un segundo. Enseñaba español, inglés, matemáticas y un poquito de todo lo demás.

Las matemáticas eran lo más fácil para Santiago pues el señor Dante las enseñaba en términos de dinero. («Si tienes veintiún pesos y el caramelo cuesta un peso con cincuenta centavos, ¿cuántos puedes comprar?». Antes de que el maestro terminara de preguntar, Santiago había contestado: «Catorce». Fácil). Pero él nunca había aprendido ni a leer ni a escribir en ningún idioma.

Excepto que ahora tenía que aprender. Por Alegría.

Desde su mesa, el señor Dante agarró un montón de revistas y comenzó a pasarlas entre los alumnos.

—Busquen un artículo que les interese, léanlo y nos dicen de qué se trata.

Santiago hojeó una revista y suspiró. Esto iba a ser más difícil de lo que había pensado.

—Con permiso —dijo Pinocho—. No sé leer en inglés. ¿Me da una revista en español?

—No —el señor Dante sonrió mientras se mecía para adelante y para atrás en los talones—. Trata de adivinarlo. Mira a ver qué palabras reconoces y usa las fotos para tratar de entender lo que está sucediendo. Tienen cinco minutos.

Santiago buscó con interés en la revista. ¿Crear cuentos basados en las fotos? ¡Así era como él siempre había leído!

—Esto es estúpido. —Pinocho rompió la revista en dos—. No puedes leer si no entiendes el idioma.

—Comprendo la frustración —dijo el señor Dante—. El inglés es un idioma difícil de leer. Estoy aquí para trabajar con ustedes, pero por favor no te desahogues con mi revista. Si la foto no los ayuda, observen las letras que forman la palabra y las otras letras alrededor.

Mientras el señor Dante trabajaba con Pinocho y los otros muchachos que consideraban la tarea demasiado difícil, Santiago creó un cuento basado en la foto de dos muchachos próximos en edad que sostenían una placa y un libro de cómics. De acuerdo con Santiago, los muchachos habían recibido un premio por el libro de cuentos que habían escrito y dibujado entre los dos. El muchacho con el cabellos oscuro parecía ser de Centroamérica. Juzgando por los dos lápices de colores detrás de su oreja, él era el artista. Y el muchacho con el lápiz negro era el escritor.

—¡Fantástico! Eso es precisamente lo que dice el

artículo. Estos muchachos viven aquí en el sur de Nuevo México y la escuela les dio un premio por el libro que dibujaron y escribieron juntos. Muy bien.

—Eso es trampa —se quejó Pinocho, haciendo que Santiago se alegrara de no sentarse junto a él en las comidas—. Ese artículo está escrito en inglés y en español.

—No es hacer trampa —corrigió el señor Dante—. Nuestro amigo usó las claves disponibles para comprender lo que decía el artículo. Eso es exactamente lo que yo había pedido.

Santiago resplandeció. Las palabras habían sido borrones en la página. Todas las claves vinieron de la foto. Ni siquiera sabía cuál sección estaba escrita en inglés y cuál en español. Él vio que había algunas palabras que lucían similares en ambos idiomas, pero no tenía idea de lo que significaban.

Cuando Herrera, el guardia con acné que lo había pateado la primera mañana, abrió la puerta del salón de clases para llevarlos a la sala principal, Santiago no podía creer que habían pasado dos horas ahí. Aunque estaba rompiendo las reglas, se quedó mientras los otros estudiantes salían.

—Necesito escribirle cartas a mi hermana, pero no sé cómo hacerlo. ¿Me puede enseñar? —suplicó Santiago.

El señor Duarte no se sorprendió con lo que le dijo. Al contrario, resplandeció.

—Definitivamente, ese es mi trabajo. El deseo de aprender es la parte más importante.

—¡García! —gritó Herrera haciendo que Santiago saltara. No tenía idea de que el guardia lo conociera con otro nombre que no fuera fulano.

Si hubiera sido Castillo, el guardia calvo que era amable, Santiago lo hubiera corregido. Prefería que lo llamaran Reyes, el apellido de su mami. Pero con el majadero de Herrera era mejor no caerle mal.

—Llévate este libro hoy y hablaremos la próxima vez. —El señor Dante le entregó rápidamente un libro grande con cubierta dura. Lucía muy bonito con dibujos de pájaros y animales al frente.

Santiago suspiró y trató de devolvérselo.

—No puedo. Se lo pueden robar.

—Entonces esa persona obviamente lo necesita más que tú.

El guardia movió sus manos para que se apurara, pero Santiago lo ignoró. Abrió el libro mientras caminaba. Cada página tenía un animal, un pájaro o un insecto y después una palabra grande seguida por letras pequeñas todas juntas. Podía copiar algunas de estas palabras para Alegría. Se acordaba de lo que el señor Dante había dicho de usar las imágenes para saber qué decían las palabras. Junto a la foto de un caballo había una palabra que reconoció. Su tío Ysidro siempre iba a una taberna que se llamaba El Caballo Entero. Ahora sabía lo que significaba esa palabra, era caballo.

Se sentó en una esquina fría del área principal para mirar el libro con más cuidado, enfocándose en las palabras grandes. Comenzó a ver similitudes en las palabras y patrones, como había dicho el señor Dante. Por ejemplo «serpiente» comenzaba con el mismo sonido que «Santiago». Aunque no sabía escribir su nombre, ambas palabras probablemente comenzaban con la misma letra. Tenía que comentar esta teoría con el señor Dante.

Después del almuerzo, cuando llamaron al segundo grupo de estudiantes, Santiago se puso en fila sosteniendo su libro de animales contra su pecho sin preocuparse de quién tenía clases en la tarde.

El señor Dante sonrió al ver a Santiago, pero no hizo comentarios sobre su presencia de nuevo. El maestro solamente se cercioró de que Santiago recibiera una revista diferente para descifrar el artículo.

CAPÍTULO 25

Al finalizar la comida esa noche, Consuelo salió con un trapo para limpiar el mueble donde estaban las bandejas vacías. Santiago se puso rápidamente en la boca la pequeña magdalena de postre y se dirigió hacia allí con su bandeja.

—Le pedí a una niña de diez años que señalara quién era su hermana —murmuró Consuelo—. Debí de haberlo adivinado. Tiene sus mismos ojos.

¿Qué? ¿De verdad? Santiago se llevó los dedos a los ojos. Las largas pestañas le hicieron cosquillas en la punta de los dedos. ¿Era la forma de los ojos igual también? Se viró hacia la larga mesa de servir, pero el acero inoxidable distorsionaba sus facciones.

—¿Ella está...? —Espera, traga la magdalena primero.

Después de tragar dos veces siguió con su pregunta—: ¿Está bien?

—Preguntó por usted. —Consuelo estiró los brazos para recibir su bandeja vacía y a la vez le dio un pedazo de papel a Santiago.

Rápidamente él colocó el pedazo de papel entre las páginas del libro de animales que el señor Dante le había prestado. Quería saberlo todo, cómo Consuelo había podido averiguar sobre Alegría y el nombre de la niña de diez años que la conocía. Pero los guardias dijeron que solo les quedaban dos minutos y un tumulto de muchachos le entregaron sus bandejas vacías a Consuelo.

—Usted es genial gracias —dijo Santiago. Otros dos muchachos también dieron las gracias cuando ella recogió sus bandejas. Asintió y se puso en fila para salir del comedor, apretando fuertemente el libro contra su pecho.

La nota no podía ser en realidad de Alegría. No tan pronto, ya que él había hecho el dibujo esa mañana. Quizás Consuelo no quería que sufriera y ella misma había escrito la nota.

Mientras los otros muchachos se amontonaban en la habitación de la tele al lado de la sala principal donde, dependiendo del guardia de turno, veían telenovelas, deportes, programas sobre la naturaleza, documentales o muñequitos, todo en inglés, Santiago regresó a la esquina que consideraba suya. Con la excusa de que estaba leyendo el libro, abrió el pedazo de papel. Tres figuras con líneas que salían de ellas estaban dibujadas en el centro con un gran garabato a un lado. Al mirar este dibujo se secó los ojos con la manga de la sudadera.

Cualquier duda de que el dibujo viniera de otra persona desapareció. Al mirarlo con detenimiento las manchas tomaron la forma de tres personas. No solo tres personas sino dos, una al lado de la otra y la tercera casi encima de una de las figuras. Alegría había dibujado a su familia con él cargándola. Y el garabato al lado de ellos debía de ser Princesa.

Guardó el dibujo dentro del libro y comenzó a llorar. ¿Cómo podía alguien estar tan cerca y a la vez tan lejos?

Consuelo estuvo libre los dos próximos días. Por lo menos eso esperaba Santiago que fuera el caso cuando no la vio. Al tercer día se preocupó de poder haber ocasionado que la despidieran. ¿Cómo podía él haberle hecho esto? Ella era buena y muy trabajadora y no se merecía haber perdido su empleo. No tenía idea de que pasar dibujos a escondidas de un grupo para el otro fuera razón para despedirla. Se odiaba a sí mismo por esto.

Pero el haber podido comunicarse con Alegría y no poder seguir haciéndolo lo hacía sentir aún más culpable.

Consuelo apareció por fin al final de la comida, tres días desde que la había visto por última vez. Miró a Santiago a los ojos antes de sacudir la cabeza brevemente. ¿Significaba: «No puedo hablar con usted» o «Puedo perder el trabajo» o «Su hermana no me ha dado nada nuevo»?

Apretó la nota que había escrito durante la clase de ese día copiando las palabras que el señor Dante había escrito para él. Su mano se había puesto rígida de tanto practicar las mismas palabras, una y otra vez hasta que las letras se parecían a las que el señor Dante había escrito en vez de lucir como un garabato.

Consuelo dejó caer una bandeja. Los frijoles se esparcieron debajo de la mesa. Santiago agarró varias servilletas y se puso debajo de la mesa esperando que los guardias no lo pudieran ver.

—Se ha ido —murmuró Consuelo sacando un trapo y el detergente de su delantal.

Santiago se golpeó la cabeza contra la parte de abajo de la mesa.

—¿Qué quiere decir con que se ha ido? ¿Está... se...? —Pero no pudo terminar de decir las palabras.

Consuelo le colocó una mano en la cabeza tratando de aliviar el golpe.

—No sé, pero ya no está aquí.

Santiago salió gateando de debajo de la mesa. Abría y cerraba su mano derecha para aliviar la rigidez. Se fue. Alegría. Se fue. María Dolores. Se fue. Mami. Todas las personas que él había querido se habían ido.

La nota que había escrito con tanto cuidado flotó en los frijoles derramados. Las marcas del lápiz parecían brillar antes de sumergirse en la profundidad marrón.

«Alegría, te quiero. Tu hermano, Santiago».

CAPÍTULO 26

Los otros muchachos no estaban tirándose pedos ni ladrando, pero Santiago no pudo dormir esa noche. Cualquier crujido de la colcha metálica, cualquier murmullo, cada segundo que marcaba el reloj lo hacía volver a la realidad.

No, él no iba a aceptar esto. No, hasta que no supiera de seguro. Tenía que haber algún error. Quizás en la sección de las niñas pequeñas no todo el mundo tenía que ir a la cafetería durante las horas de las comidas. Quizás se podían quedar viendo la televisión, o la maestra le estaba enseñando a Alegría cómo escribir palabras nuevas. Quizás por eso Consuelo no la había visto.

O quizás Alegría estaba enferma. No. No quería pensar en eso tampoco.

En algún momento durante la noche se levantó para usar el baño. Cinco minutos menos en los que luchar por dormirse. El guardia no lo siguió porque ya había un guardia en el baño que estaba recostado contra el azulejo blanco mientras Chismoso, el que traía y llevaba todos los chismes, se lavaba las manos. Santiago hizo lo que tenía que hacer y volvió a su espacio donde no podía dormir.

Chismoso.

Guanaco había dicho que Chismoso sabía cosas. También había insinuado que no era una persona en la cual se podía confiar. Santiago creía en lo que Guanaco le había dicho, pero necesitaba saber la verdad. Mientras más pensaba en esto menos podía dormir.

Durante el desayuno había demasiadas personas alrededor de Chismoso para que Santiago tratara de acercarse a él.

Más tarde, durante el recreo, Santiago lo llamó a través del patio.

—Oye, Chismoso, tengo una pregunta para ti.

—Seguro, Santi. —El muchacho sonrió, pero sus ojos marrones se movían continuamente alrededor del patio para estar al tanto de todo lo que pasaba dentro del área cercada. Santiago notó que nunca lo miraba a los ojos. También se lamentaba de haberse presentado el primer día como Santi. Alegría era la única que lo llamaba así. Viniendo de Chismoso el apodo sonaba como condescendiente y malévolo.

—Por favor llámame Santiago.

—Está bien, Santi.

Santiago cerró sus ojos por un segundo y respiró profundamente.

—Mi hermana, Alegría García Piedra, tiene cinco años y estaba en el lado de las niñas. ¿Puedes averiguar qué pasó con ella?

—Es posible que pueda averiguar algo. —Chismoso miró a Santiago a los ojos por un breve segundo antes de volver a observar todo lo que estaba sucediendo en el patio—. Lo haría por ti, Santi. ¿Pero qué vas a hacer tú por mí?

Santiago tragó en seco. No se había olvidado de que se esperaba que él hiciera algo a cambio. Pero había tratado de no pensar en ello.

Chismoso se rio como si pudiera leer los pensamientos de Santiago.

—El escuchar es gratis pero las respuestas te van a costar.

Un músculo en la quijada de Santiago se contrajo.

—¿Qué es lo que quieres? No tengo nada. —Santiago sacó de su bolsillo la colcha metálica y el cepillo de dientes para probar que no poseía nada. El libro que tenía era del señor Dante y Santiago dudó que el muchacho estuviera interesado en eso. Los veinte dólares que le había dado don José le hubieran servido ahora, pero no sabía dónde los había perdido.

El pavor y la resolución se apoderaron de él. Haría cualquier cosa horrible que Chismoso quisiera.

—Dame comida —exigió Chismoso—. Cada vez que comamos, todos los días. Lo que puedas sacar a escondidas. Si puedes hacer esto durante unos días, yo te puedo dar una respuesta en unos días.

Impávido, esa era la expresión que eligió tener Santiago. Al final de cada comida, todos los muchachos salían con los bolsillos hacia afuera para mostrar que no tenían ninguna comida escondida. El rumor era que había ratones inmortales que tenían la plaga y que vivían en este centro por lo cual estaba estrictamente prohibido sacar comida de la cafetería. Había visto cómo registraban a los muchachos al salir, quitándoles lo que se llevaban a escondidas y advirtiéndoles de que iban a añadir robo a sus documentos. Nadie quería que lo movieran a un centro para criminales.

Chismoso continuó:

—Tres comidas al día por cuatro días son...

—Doce tentempiés, sí, yo lo sé. —Santiago cruzó los brazos sobre el pecho.

Otra vez Chismoso miró brevemente a los ojos a Santiago y volvió a mirar alrededor.

—Un hombre listo. Me gusta.

Santiago continuó mirándolo.

—¿Eso significa que vas a averiguar acerca de mi hermana?

Chismoso sonrió.

—Exactamente, después de recibir los doce tentempiés, yo te diré lo que he podido desenterrar.

Santiago hizo de cuenta que lo estaba pensando y después dejó escapar un suspiro.

—Tá bien.

La malvada solo le había dado la comida que nadie quería cuando le había dado algo de comer. Si no hubiera robado comida de su cocina (o hubiera recogido comida de la calle) se hubiera muerto hacía años. De todas las cosas que Chismoso le podía haber pedido a Santiago que hiciera, esconder comida era una de las pocas cosas que se sentía con confianza de poder lograr.

En la cena de esa noche tenían arroz con pollo y recipientes individuales de cóctel de frutas como postre. Normalmente el arroz con pollo era su comida favorita porque era difícil de estropear, Santiago ahora estaba de acuerdo con María Dolores. La consistencia del arroz era semejante a la avena y los pedazos de pollo debían de haber sido de un gallo viejo y duro. Además, no sabía a nada.

Santiago estaba sentado en una mesa larga con otros muchachos que lo ignoraban. No le iba a pedir ayuda a Consuelo pues no quería que perdiera el empleo. Se comió hasta el último grano y colocó el recipiente vacío de frutas de otra persona en su bandeja. Luego puso su vaso de frutas en su axila, debajo de la sudadera, pero encima de su camisa de manga larga. Cualquiera que lo observara pensaría que se estaba rascando. Recogió un par de bandejas vacías y las amontonó antes de ponerse en fila. Del lado donde tenía el recipiente de frutas sostenía la colcha metálica, el cepillo de dientes y un libro nuevo del señor Dante en la mano. Del otro lado, se subió el dobladillo de las camisas para demostrar que no estaba escondiendo comida.

El guardia que estaba en la puerta era Castillo, uno de los más amables. Aunque no conversaba con los detenidos, no los ignoraba como hacía Patterson. Ni los llamaba bebés llorones, sucios, idiotas, ni maleantes vagos como hacía Herrera, el joven con acné.

Castillo casi ni miró a Santiago cuando marcó el contador y logró pasar. Una vez que había salido, se bajó la camisa y pasó la colcha metálica y el cepillo de dientes para la otra mano para volverlos a colocar en su bolsillo. El vaso de frutas continuaba en su axila apretado lo suficiente para mantenerlo seguro, pero no tan apretado que pudiera explotar.

Santiago y Chismoso habían decidido hacer la entrega de la comida en los cubículos de los inodoros. Aunque había un guardia de turno, Santiago mencionó que no podía ver lo que pasaba por debajo de la división de los cubículos. Además, la ida al baño después de las comidas era algo popular aún sin las salchichas del domingo y no habría nada sospechoso en sus visitas regulares.

Santiago no tuvo que esperar mucho en el cubículo de la esquina cuando la persona que estaba al lado soltó un glorioso pedo.

—¡Ay, qué rico! —suspiró Chismoso aliviado. Un segundo después el mal olor llegó a Santiago. No en balde la otra persona había estado desesperada por dejarlo salir. Santiago se cubrió la nariz con la mano antes de sacar el recipiente de frutas de donde lo tenía escondido y sostenerlo debajo de la división del cubículo. Con el trabajo hecho y no teniendo necesidad de permanecer más tiempo expuesto a más eventos sensoriales, Santiago jaló la cadena y salió de los cubículos.

A la mañana siguiente, Castillo era el que estaba de guardia otra vez durante el desayuno. Esta vez Santiago escondió un plátano bastante derecho en su manga y Castillo no lo notó.

Después de entregar el plátano, Santiago se puso en fila para las duchas las cuales estaban muy ocupadas antes del desayuno. Chismoso lo miró de lado cuando salió del cubículo y habló alto para todo el baño. Era algo que hacía con frecuencia.

—Herrera es el próximo que va a estar de turno. ¡Qué ladilla!

Algunos de los otros muchachos gruñeron, pero Santiago sabía que el mensaje era para él. Era una cosa esconder comida sin que Castillo se diera cuenta, pero no iba a ser posible con el majadero Herrera de guardia.

Santiago demostró que Chismoso estaba equivocado.

Durante el almuerzo, un muchacho recién llegado, que estaba dos personas delante de Santiago, estaba comiendo su manzana cuando trató de pasar a Herrera. En vez de mandarlo al final de la fila como hubiera hecho Castillo para que terminara de comer, Herrera se la arrancó de la mano antes de golpearlo en la cabeza con la manzana.

—La comida no puede salir de este salón, ¡imbécil! —gritó Herrera—. ¿Quieres tener ratones caminando por todo tu cuerpo? ¿O estás acostumbrado a vivir así y no te importa?

El muchacho miró a Herrera con los ojos muy abiertos y asustado. Santiago hubiera deseado acercarse a él e informarle sobre las reglas que había con la comida, dejarle saber lo que no estaba permitido, como Guanaco había hecho con él, pero mantuvo la cabeza baja sin llamar la atención. No hoy.

—Ay, Dios mío, ¿estás llorando? —Herrera hizo una escena demostrando que estaba disgustado y echó al muchacho de lado—. Lárgate, llorón, y no te atrevas a pasar comida afuera delante de mí de nuevo.

Herrera desahogó su ira con el resto de ellos registrando con fuerza al muchacho delante de Santiago. Dando un paso al frente, Santiago sostuvo su colcha metálica, el cepillo de dientes y el libro en alto y dejó que Herrera lo registrara. Una vez que logró pasar, sacó el emparedado de jamón que había estado envuelto en la manta metálica y lo colocó en su bolsillo. Considerando que el jamón lucía que tenía moho, tener que comer solo una manzana y haber tomado un vaso de leche no le había molestado.

Después de la cena, Herrera los volvió a registrar. Esta vez no fue hasta que Santiago llegó al baño que sacó de su boca una envoltura con dos galletas. Entregó la comida y salió del baño, aunque Chismoso quería hablar. Como no había ningún lugar donde esconderse o estar solo, Chismoso encontró a Santiago en su esquina tratando de leer.

—¿Cómo lo estás haciendo? —preguntó mirando hacia abajo a Santiago.

—¿Cómo averiguas todas las cosas? —respondió Santiago.

Chismoso sonrió y le enseñó las manos vacías.

—Un mago nunca revela sus secretos.

Santiago alzó las cejas y continuó leyendo.

El otro muchacho suspiró.

—Está bien. Ya entiendo que no vas a confiar en mí.

—Ocho tentempiés más y me informas sobre mi hermana. —Santiago le recordó—. Y tienes migas de galleta en los bordes de la boca.

CAPÍTULO 27

Santiago sacó comida a escondidas de la cafetería durante los próximos días, retándose a sí mismo para hacerlo de manera diferente cada vez. En la última comida, la número doce, tenía dos paquetes de frutas secas. Se los metió dentro de cada media y los escondió debajo del arco de cada pie. Uno iba a ser para Chismoso y el otro era para él. Para celebrar.

Como había hecho once veces anteriores sostuvo el paquete debajo de la división del cubículo. Esta vez retiró su mano antes de que Chismoso pudiera recibir su botín.

—Dime primero —insistió Santiago a través de la división.

Chismoso respondió jalando el inodoro y golpeando la puerta del cubículo para abrirla. Santiago lo siguió.

El guardia los miró, pero como Santiago ignoró al otro muchacho, el que salieran a la misma vez parecía una coincidencia.

Se pararon contra una pared de la sala principal teniendo cuidado de que nadie escuchara su conversación. Chismoso se viró hacia Santiago con su sonrisa, pero con los ojos que observaban todo alrededor de ellos.

—He disfrutado mucho de nuestro trato. Quisiera más tentempiés antes de decirte lo que sé.

—No.

—Pero va a haber torta de chocolate esta noche y me gustaría tener algo para comer a media...

—Dije que no. —Santiago se mantuvo firme. Lo peor que Chismoso podía hacer era no darle la información, lo cual ya estaba haciendo. Durante los últimos días Santiago había estado observando a Chismoso. Aunque no pudo averiguar cómo Chismoso sabía todo lo que pasaba, se había dado cuenta de que Chismoso explotaría si no decía la información que tenía. Tarde o temprano la verdad saldría a la luz.

—Yo cumplí y como tú eres un hombre de negocios... —alabarlo no iba a hacer daño y Santiago en realidad no quería esperar—, yo confío que harás lo mismo y honrarás tu palabra. O quizás el guardia encuentre tu colcha cubierta con la torta. —Y quizás una pequeña amenaza tampoco estaba de más.

Chismoso sacudió migajas imaginarias de la torta de su sudadera. Santiago esperó.

Finalmente, Chismoso suspiró y sonrió forzadamente.

—Ella no está aquí.

¿Había escondido doce tentempiés para esto?

—Ya sé que no está aquí. ¿Qué pasó?

—Se la entregaron a su familia hace una semana.

Santiago se apoyó contra la pared.

—Estás mintiendo.

La sonrisa forzada en el rostro de Chismoso cambió para genuina.

—Ay no, amigo. No estoy mintiendo.

Santiago sacudió su cabeza.

—¿Qué pruebas tienes? ¿Cómo sé que no estás inventando esto?

—Los papeles fueron firmados por María Dolores Piedra Reyes.

La pared no sostuvo a Santiago al deslizarse hacia el suelo. Sus ojos estaban fuera de foco, las imágenes estaban borrosas hasta que todo se volvió negro. Poco a poco, la oscuridad se aclaró y se encontró rodeado de más adolescentes devastados que cuando había llegado, todos vestidos de gris y atrapados entre cuatro paredes grises.

—Por cuatro días más de tentempiés puedo averiguar más. —Chismoso estiró su mano para que le pagara.

Santiago miró hacia arriba.

—¿Puedes averiguar a dónde fue?

Chismoso frunció el ceño mientras sus ojos miraban alrededor excepto donde Santiago estaba sentado. Al fin suspiró.

—Los papeles de inmigración con esa información los mandan enseguida. No tengo acceso a eso.

Aún atontado, Santiago sacó los dos paquetes de frutas secas y los colocó en la mano abierta de Chismoso.

—No hay más nada que averiguar.

Se subió el cuello de la sudadera lo suficiente como para que su cabeza cupiera dentro y puso el dobladillo sobre sus rodillas. Se habían olvidado de él. Después de todo, no les importaba. Habían decidido dejarlo atrás.

Salió de la cueva de la sudadera para sacar del libro el dibujo de Alegría. No la volvería a ver más nunca y no quería acordarse de eso. La próxima vez que fuera al baño botaría el dibujo.

CAPÍTULO 28

Pasaron más de dos semanas antes de que los oficiales llamaran a Santiago para su primera entrevista. O más bien, dos domingos de los infames huevos de caja y de las salchichas dudosas. Cuando cada día comenzaba y terminaba igual, era más fácil para Santiago contar los domingos.

A la mayoría de los muchachos los habían entrevistado a los pocos días. Los oficiales se debían de haber olvidado de él.

No le sorprendía. Lo que lo había sorprendido fue cuando Castillo lo llamó después del desayuno.

—Tu entrevista está programada para ahora. ¿Necesitas usar el baño?

—No. —Santiago se secó las manos sudadas en la parte de atrás del pantalón y enderezó los hombros para seguir al guardia. La primera impresión era la que más contaba. ¿Pero qué clase de impresión quería dar? ¿Qué impresión causaría cuál efecto? Nadie le había dicho nada.

Él sabía que cada persona que llegaba a esta institución era entrevistada para que el gobierno decidiera qué iba a hacer con ese individuo. A veces, cuando Chismoso estaba aburrido, contaba quién había llorado cuando lo habían entrevistado, o quién aseguraba ser el hijo ilegítimo del presidente. ¿Pero cuál era el resultado de esos cuentos? Chismoso no lo había dicho.

Al menos, Santiago podía finjir ser valiente.

El salón dónde Castillo lo dejó se sentía brillante y estéril, con paredes blancas que cegaban y luces fosforescentes que se podían ver desde la luna, si hubiera habido ventanas, pero no las había. El efecto era de una frialdad que nada tenía que ver con la temperatura. Al contrario, la temperatura en esta habitación era agradable en comparación con el frío perpetuo que había en el área principal de ellos.

Había dos personas sentadas con archivos de papeles y le hicieron un gesto para que se sentara en el otro lado. La latina habló mientras el gringo tomó notas.

—Tenemos preguntas que hacerte que necesitas responder con la verdad —dijo en una voz que sonaba condescendiente y a la vez sin emoción—. ¿Entiendes?

—Sí.

—Lo primero, ¿es el español el mejor idioma para comunicarte o necesitas otro idioma?

Él quería bromear, aliviar la tensión, decir que la buena comida era el idioma con el cual se podía identificar mejor, así que haber tenido un tamal de carne de cerdo y queso hubiera hecho la comunicación más fácil. Pero estos dos no parecían ser los tipos de personas a los que les gustaría bromear.

—El español está bien —dijo.

—¿Cuál es tu nombre completo?

—Santiago García Reyes.

—¿Cuándo es tu cumpleaños?

—No sé, es alrededor de Pascua.

—¿Qué año?

—Tengo doce años ahora así que es el año que eso significa.

Quizás porque era un niño o porque lucía que no tenía ni idea, no cuestionaron sus respuestas.

—¿De qué país vienes?

—México.

—¿Y cuál es tu dirección en México?

—No lo sé.

—¿Qué poblado o pueblo?

—No sé si tiene nombre. Solo lo llamamos «el campo».

El hombre y la mujer se miraron comunicándose telepáticamente, quizás pensaban que estaba mintiendo. No sabía qué decirles. Honestamente no sabía. La malvada vivía en un montón de edificios que no tenían parada de autobús.

Solo le decías al chofer dónde te tenía que dejar o le hacías señas desde el lado del camino cuándo te tenía que recoger. A veces, si tenías suerte, el chofer paraba.

—Pero está como a treinta minutos de Chihuahua, a las afueras.

Esa respuesta hizo que la mujer asintiera como si al fin hubiera dicho algo correcto.

—¿Por qué trataste de entrar ilegalmente a los Estados Unidos?

Esperó un momento pensando cuál sería la respuesta que le ganaría la mayor simpatía, pero se dio cuenta de que la mujer empequeñeció los ojos cuando no contestó enseguida.

—La madre de mami me golpeaba.

No parecía que habían escuchado lo que había dicho. O habían decidido no creerle.

—¿Viniste aquí solo?

—No —suspiró.

—¿Quiénes eran las personas que vinieron contigo?

—Mis hermanas. —No había sido su intención mentir. Habiéndose ido Alegría, él sabía que no las volvería a ver más nunca. Él las había ayudado a cruzar la frontera, les había salvado las vidas, pero al final del día, él solo era un chico cualquiera que habían recogido en México. Había sido un estúpido al pensar que ellas sentían algo diferente. Al mismo tiempo esto se sentía como lo más verdadero de todo lo que había dicho. En su corazón ellas habían sido sus hermanas.

—Déjame recordarte —la mujer se echó hacia delante sobre la mesa y habló despacio y con más condescendencia— que nosotros somos oficiales del gobierno de los Estados Unidos y exigimos respuestas verídicas de tu parte.

—Sí —asintió Santiago.

La mujer cruzó las manos sobre su archivo.

—Sabemos con seguridad que una madre y su hija pequeña estaban viajando contigo.

Santiago asintió.

—Es correcto. María Dolores Piedra Reyes, la madre, y Alegría García Piedra, la hija. Mis hermanas.

La mujer estrechó los ojos otra vez y alzó las cejas. Era el primer cambio de expresión de su rostro que antes no mostraba emoción.

—Explica.

Un suspiro involuntario salió de Santiago. Los detalles eran la clave. Eran lo que harían que se creyera cualquier cuento.

—María Eugenia nació primero. —Mencionó el nombre de la hermana de María Dolores que estaba casada—. Después vino María Dolores. Después de eso mi mamá conoció a mi padre y me tuvo a mí.

Hasta aquí era verdad. Después de todo, sus padres se habían conocido después de que María Dolores había nacido. Él no había dicho que su mamá hubiera tenido a María Eugenia o a María Dolores.

—Entonces el padre… —no había dicho «mi padre» a propósito, así que no estaba mintiendo— se enamoró de María Dolores y tuvo a Alegría. Así que son mis hermanas.

El hombre alzó la vista de lo que estaba escribiendo y asintió como que estaba de acuerdo que estas cosas a veces pasaban. Santiago recordaba haber escuchado a un pariente chismoso decir que cosas más extrañas sucedían en la vida real que en la ficción.

La mujer aceptó esto pestañeando.

—¿Dónde están tus padres?

—El padre desapareció. Nadie sabe dónde está. —Su voz se suavizó—. Y mami murió cuando yo era pequeño.

—Entonces, ¿quién te crio?

Un músculo se contrajo involuntariamente en su rostro. No iba a mentir en esto. No sabía qué otra cosa podía decir. Pero esto no quería decir que estaba a gusto hablando sobre esta etapa de su vida.

—Ya se lo dije. La madre de mi mamá, la que me golpeaba.

—¿Tu abuela?

Cómo odiaba esa palabra refiriéndose a la malvada. Alguien como ella no merecía que la llamaran abuela.

—Sí.

—¿Cuál es su nombre?

No podía rehusar contestar. Nunca la llamó por ningún nombre delante de ella, excepto una vez, y el resultado fue las marcas de la quemadura en su espalda. Si había un nombre que no describía a la persona era el de ella.

—Agracia Reyes de la Luz.

—¿Y el nombre de tu madre?

—Sofinda Reyes de la Luz.

—¿Y el de tu padre?

—No lo sé.

—¿Cómo es que no sabes el nombre de tu padre?

—Mami nunca hablaba de él. Se fue antes de que lo conociera.

Un silencio pesado descendió sobre el salón. Ay no, ahora sí metió la pata. Había dicho demasiado. Puso su rostro en blanco. Había arruinado todo y la mujer se había dado cuenta.

—Tú dijiste que tu padre se había enamorado de tu hermana, María Dolores. ¿Cómo es que no lo conociste?

—Yo estaba viviendo con unos parientes —continuaba sin mentir. No era su responsabilidad corregir a la mujer sobre cuál padre había sido, o cualquier otra cosa que no hubiera comprendido—. Mami se había muerto y su madre me odiaba así que me mandó a casa de diferentes parientes. Yo no sabía nada sobre Alegría hasta hace poco y esa es la verdad.

Otra vez la pareja intercambió miradas interrogantes. Santiago esperó sentado en su silla hasta que llegaron a una conclusión no verbal.

—¿Hay alguna otra cosa que desees decirnos? —preguntó la mujer como esperando que confesara que era un criminal en serie y un jefe de drogas.

Santiago se sentó derecho en la silla y se pasó la lengua por los labios. Si había alguna posibilidad…

—¿Dónde están mis hermanas? ¿Ellas saben que yo aún sigo aquí? ¿Van a regresar a buscarme? ¿Cómo puedo comunicarme con ellas?

—Lo siento, pero esa información está restringida.

—¡Pero son mi familia! —gritó. Se había ido su deseo de causar una impresión favorable—. Son la única familia que yo quiero.

La boca de la mujer se torció como si fuera a recriminarlo por ser grosero. Pero en vez de eso llevó su atención a los archivos que tenía delante de ella e hizo como que los estaba arreglando.

—Vamos a verificar toda esta información.

—Adelante. —Se desmoronó en la silla. Era la primera vez desde la ida de Alegría que sentía alivio. Como se había ido, ella no podían probar o refutar su historia. Su verdad.

El hombre terminó de garabatear en sus notas y le pasó el cuaderno a Santiago.

—Por favor lee esta información y firma debajo para confirmar que todo lo que dice es verídico.

Ahora, Santiago palideció. Se movió en la silla dura y evitó hacer contacto con los ojos.

—No puedo. Aún estoy aprendiendo a leer.

CAPÍTULO 29

Santiago perdió la cuenta de cuántos días habían pasado. ¿Habían sido siete u ocho domingos de huevos de caja?

Un día les dieron el mayor banquete de sus vidas con pavo, relleno, caldo, puré de papas, habichuelas verdes y una gelatina roja y extraña que solamente unas almas valientes probaron. A Santiago le encantó y le pidió a Consuelo que pusiera extra de la gelatina roja en sus papas pues les permitieron repetir. De acuerdo con Chismoso (era él quien llevaba más tiempo en este centro y había estado durante el banquete el año pasado) este era una especie de día de fiesta en el cual los locales le daban la bienvenida a los inmigrantes dándoles mucha comida.

Mientras Santiago comía el *pai* de calabaza (¿a quién se

le había ocurrido hacer un postre de calabaza?), no podía dejar de pensar que quizás los estaban engordando para mandarlos al matadero.

Su instinto había estado en lo correcto cuando al día siguiente del banquete un ómnibus parqueó afuera del centro. Un ómnibus blanco sin letras ni diseño, lo suficientemente grande donde cabían la mitad de los muchachos de su área. Tres niños chiquitos salieron. Eran los primeros que Santiago había visto de los otros que se encontraban en el centro. Los montaron en el ómnibus que dejaba escapar unas nubes grises por el tubo de escape como si estuviera tratando de digerir a los niños que se acababa de comer. Santiago observaba este fenómeno con los dedos enroscados alrededor de la cerca de alambre que rodeaba el área de afuera.

—¡Ese es mi hermano! —dijo Manzano, el muchacho que había tratado de sacar la manzana fuera de la cafetería—. ¿Adónde lo van a llevar?

El resto de los muchachos corrieron hacia la cerca excepto Chismoso, quien se mantuvo atrás dándoselas de importante.

—Ese es el bus para mandar a la gente de regreso.

Todos comenzaron a hablar a la vez.

—¿Qué? ¿A México?

—No, al polo norte, idiota.

—¡Pero yo no soy mexicano!

—¿Creen que las muchachas van a ser las próximas en salir?

Los muchachos presionaron contra Santiago intentando poder ver sobre su cabeza alta. El alambre de la cerca se clavó en sus manos, pero no empujó hacia atrás.

—¿Con cuánta frecuencia viene el bus?

—A veces cada mes y otras veces cada tres meses —dijo Chismoso mientras continuaba parado lejos del tumulto que estaba contra la cerca—. Básicamente cuando ustedes gachos han llenado este centro. ¿No sabían ustedes que cuesta más de setecientos dólares por persona al día mantenernos aquí?

—¡Mentira!

—¿Y no nos pueden dar camas y comida de verdad?

—Mi padre gana menos de eso al mes y puede proveer para toda la familia.

Chismoso dio una respuesta no comprometida.

—Tú eres él que lleva aquí más tiempo. ¿No tienes miedo de verte en el bus, Chismoso?

—No.

—¡Entren ahora! —les gritó Herrera, acortando el tiempo que tenían para estar afuera, antes de que las muchachas legendarias aparecieran. Pasaron varios minutos antes de que los muchachos detrás de Santiago dejaran de empujar y le permitieran seguir a los demás. Todavía sentía la cerca clavada en sus manos. Con lo horrible que era estar ahí, era aún peor regresar a México.

De un cuaderno Herrera comenzó a llamar nombres. El nombre de Manzano fue el primero excepto que usó su nombre verdadero, lo que fue evidente cuando salió de la fila que habían formado hombro con hombro. Después Pinocho y el hombre-niño con los tatuajes que había llegado el mismo día que Santiago. Llamaron a tres más, después a diez.

Santiago mantuvo la cabeza baja mientras esperaba que lo llamaran.

—Y García.

Ya sucedió. Iba a tener que enfrentarse a su destino. Tan pronto como lograra mover sus pies.

Hasta que uno de los otros muchachos preguntó:

—¿Cuál?

Herrera se molestó. Parecía que tenía ganas de decir que todos los García tenían que salir de ahí. Pero tuvo que resignarse al desaliento y volver a chequear la lista.

—Guillermo García.

Santiago respiró. Se había escapado de ser deportado, por ahora.

CAPÍTULO 30

Poco tiempo después, dos hombres y dos mujeres llegaron para hablar con los muchachos. Chismoso, con sus conexiones, lo sabía anticipadamente y trató de que sus compañeros se entusiasmaran.

—Piensen en esto, nos van a visitar mujeres guapas. —Chismoso hacía alarde. Como resultado, la mitad de los muchachos se dieron una ducha antes de que llegaran.

Santiago supuso que lucían bien para personas viejas. Definitivamente no eran las súper modelos que Chismoso había prometido. Esto no hacía ninguna diferencia para Santiago. Él se bañaba todas las mañanas porque podía y era algo que hacer.

—Hola muchachos. —Uno de los hombres se dirigió a ellos con un español perfecto pero brusco—. Somos voluntarios de la organización no lucrativa Ley Unido.

Un muchacho nuevo con la piel pálida y un recorte militar en los cabellos rubios (el único rubio ahí en esos momentos) levantó la mano y habló en inglés.

—*I no speak Spanish*.

La mayor de los dos voluntarios le hizo una pregunta en inglés y él respondió:

—Rusia.

La mujer se dirigió a los muchachos que la observaban y preguntó:

—¿Quién de ustedes entiende español?

Todos menos cinco levantaron la mano. Era la mayor cantidad de muchachos que no hablaban español que Santiago se había encontrado desde su llegada. Chismoso explicó la historia de la vida de esos cinco señalando con el dedo.

—Él es de Siria, esos dos son brasileños y los otros dos solo hablan idiomas indígenas.

La mujer les hizo señas con la mano a esos cinco y al muchacho ruso para que la siguieran a donde pudieran hablar en privado. ¿Pero cómo y en qué idioma?

El hombre que había hecho la introducción continuó con los que hablaban español.

—La mayoría somos abogados retirados trabajando como voluntarios para informarles de las opciones que tienen como inmigrantes y refugiados.

—Mi familia no tiene plata —dijo Llorón, un muchacho nuevo. La mayoría de los muchachos asintieron.

El hombre que hablaba también asintió.

—El servicio que ofrecemos en este centro es completamente gratis. Por ejemplo, los podemos ayudar a reunirse con su familia, o a situarlos en grupos en viviendas donde puedan vivir con más libertad afuera de este centro hasta que su situación con la inmigración sea resuelta. Los podemos aconsejar sobre los programas para los cuales es posible que ustedes califiquen y ayudarlos a llenar los papeles.

Santiago se movió intranquilo en su espacio en el suelo. ¿Todo esto de gratis?

—¿Qué es lo que ustedes consiguen con esto? ¿Cómo sabemos que no nos están engañando? —Llorón cruzó sus brazos sobre el pecho.

Santiago se dio cuenta de que hasta Chismoso no había dicho ni una de sus respuestas de sabiéndolo todo.

El otro hombre caminó hacia el frente. Este tenía manchas de vejez en el rostro y lucía más frágil físicamente que el otro que había hablado primero, pero sus ojos estaban muy alertas.

—Hacemos esto porque hemos estado en la misma situación que ustedes. Nos han separado de nuestras familias. Hemos arriesgado nuestras vidas al dejar nuestros hogares. Hemos sido como ustedes.

El silencio llenó el salón. No importaba lo que dijera esta gente: sus ropas, su educación, sus gestos decían otra cosa.

—Estaremos aquí durante toda la semana que viene para hablar con cada uno de ustedes individualmente —continuó el primer hombre.

Santiago se inclinó hacia el frente abrazando sus rodillas con su sudadera. Habían pasado semanas desde su entrevista y nada había sucedido. Otros muchachos habían llegado y se habían ido durante ese tiempo. Se habían olvidado de él otra vez, pero no le importaba. El centro era frío, solitario, deprimente, aburrido, incómodo, y en su mente no tenía ningún propósito considerando todos los recursos que gastaban teniéndolo ahí en vez de dejarlo hacerse cargo de sí mismo afuera.

Como lo había hecho siempre.

Pero en realidad tenía comida, ropa y un techo sobre su cabeza. Estaba asistiendo a la escuela. Al haberse ido Alegría, el aprender a leer y escribir era una manera de pasar el tiempo interminable. Sabía qué esperar. Aquí nadie lo lastimaba. Nadie le hacía sentir que lo querían para abandonarlo después.

No hablaba con nadie excepto con Consuelo y el señor Dante, y nadie se fijaba en él. Honestamente, no era la peor vida que había vivido.

★ ★ ★

Cada uno de los abogados voluntarios traía maletines grandes cuando regresaron el lunes. Una mujer embarazada estaba con ellos. Joven y luciendo fuera de lugar, ella sonreía.

—Con permiso, necesito orinar. —Y salió apresuradamente sin esperar permiso o que le prestaran atención.

Santiago observaba desde su espacio para leer y dormir en la esquina cómo dos adolescentes asustados salieron volando del baño al ver a una mujer entrando precipitadamente en su espacio privado. Pero ni siquiera el guardia se atrevió a decirle a una mujer embarazada dónde no podía orinar.

Un pedazo de papel de inodoro estaba pegado a su zapato cuando salió haciendo que varios de los muchachos sonrieran con malicia. Santiago marcó la página con el dedo y caminó hacia ella.

—Deténgase —dijo mientras señalaba el papel de inodoro detrás de ella. Se paró sobre el final del pedazo de papel y lo empujó con la chancleta hacia la pared.

—Eres mi salvador —lo miró resplandeciente.

Él asintió y regresó a su espacio en la esquina.

—Espera. —Le agarró el brazo que hizo que se encogiera inmediatamente, un mecanismo de defensa que había adoptado hacía mucho tiempo en la casa de la malvada. Ella lo soltó rápidamente, quizás acordándose de la regla que no se podían tocar y descansó sus manos en su estómago. Santiago no se movió, pero evitó hacer contacto visual.

—¿Por qué no te reúnes conmigo y revisamos tu caso? —dijo.

—No hay nada que revisar.

—No estoy de acuerdo. Siempre hay algo que se pueda hacer, pero no lo sabes hasta que no lo intentas.

No quería decir que sí, no quería estar de acuerdo. Pero al fin sus ojos miraron los de ella, llenos de esperanza y bondad, y su boca se rindió.

—Está bien.

La sala a la cual entraron tenía acceso a través de la sala principal y quizás en el pasado había sido un lugar para guardar suministros. Solo había espacio para una mesa pequeña y dos sillas. Se sentía cargada por falta de ventilación, pero resultaba más caliente que el área principal. Ella se quitó algunas de las ropas y los brazos de él pararon de tener frío como siempre.

—Yo soy Bárbara y trabajo a medio tiempo para Ley Unido que, como bien sabes, es una organización sin fines de lucro que ofrece ayuda legal a jóvenes en centros de inmigración pero sin representación legal.

Santiago pestañó.

—¿Qué significa eso?

—Significa que te puedo dar consejos sobre las opciones y derechos que tienes y ayudarte a llenar papeles mientras estés aquí, pero no puedo ser tu abogado si decides que necesitas uno.

¿De qué me sirve eso? Quería gritar. *Yo pensé que había dicho que me quería ayudar.* Pero mantuvo su expresión impávida, la que había adoptado durante los meses dentro de este centro.

—Entonces, ¿cuáles son mis opciones?

—Necesito saber más de ti y de tu situación en tu hogar. Eres mexicano, supongo por el acento, ¿verdad? Cuéntame de tu familia. Dime por qué viniste a este país. A quién tienes aquí. Mientras más información me des, más consejos y opciones te podré dar.

—Ya le dije todo a los otros tipos.

—¿Quiénes son los otros tipos?

—Los oficiales o lo que sean que trabajan aquí.

—Ah, pero yo no trabajo aquí. —Ella sonrió y trató de colocar la mano en la de él, pero Santiago la retiró antes de que ella lo tocara. Ella se enderezó y continuó—. El trabajo de ellos consiste en hacer un reporte de cada persona que llega aquí y de sacarlos lo más rápido posible. Mi trabajo es ofrecerte opciones que te puedan ayudar a quedarte en este país.

No quería pensar demasiado en esto. Pero la esperanza germinó dentro de él sin poder evitarlo. La maldita esperanza que era exactamente lo que detestaba.

Respiró profundamente y le contó el cuento que había dicho cuando llegó. La verdad que había dicho usando las palabras correctas y la verdad interna que incluía que tenía dos hermanas. Se aseguró de que fuera igual a lo que había dicho cuando lo entrevistaron por si acaso ambos reportes se cruzaban.

—Cuéntame de tu abuela —dijo.

—Prefiero no hacerlo.

—¿Por qué no?

—Es una persona mala que me odia.

—¿Qué te hace pensar que te odia? —la señora Bárbara habló con cuidado cerciorándose de que no estaba poniendo palabras en su boca.

Santiago sintió cómo la rabia le crecía por dentro mientras comenzaba a explicar:

—Siempre me gritaba o me insultaba. Y eso era solo cuando no me podía tirar algo o golpearme. —Cruzó sus brazos y los apretó en contra de su pecho.

La señora Bárbara lo miró con pena antes de rápidamente desviar la mirada para secarse ligeramente los ojos.

—Lo siento. Son hormonas de bebé.

Demoró varios minutos antes de continuar.

—No estoy diciendo que estás haciendo esto, pero desgraciadamente muchos muchachos dicen que han sido abusados cuando no es verdad. Ellos piensan que al juez le va a dar pena y les va a dar clasificación de refugiados. También sé de muchachos que han sido abusados, pero no había evidencia. La corte no creyó que habían sido maltratados y los mandaron de vuelta con los parientes abusivos. Vamos a necesitar más pruebas que tu palabra.

¿Prueba? ¿Era eso todo lo que ella quería? Se paró y colocó su libro sobre la mesa antes de quitarse la sudadera y la camisa. El cuarto no estaba tan caliente como pensaba. Sintió piel de pollo en los brazos y a lo largo de sus costillas visibles. El frío también intensificó el color rojo de sus cicatrices. Se viró para enseñarle el frente y la espalda. Eran demasiadas para haber sido accidental.

—Puedo decirle por qué tengo cada una de estas cicatrices. Algunas ya han desaparecido, pero tengo más debajo del pantalón.

—Lo siento —dijo mientras garabateaba en su libreta—. No, no necesito los detalles. Tiene sentido que hayas querido escapar de esto. Las buenas noticias son que el juez debe de estar de acuerdo en que definitivamente ese no es un ambiente seguro para ti. ¿Ella era tu tutor legal?

Se puso la camisa y después la sudadera y enrolló el dobladillo de abajo de la sudadera para esconder sus manos frías.

—No sé si era legal, pero ella fue la que se hizo cargo cuando mami murió.

—¿Estuviste alguna vez en un hogar alternativo con desconocidos?

—No, pero trataba de deshacerse de mí todo el tiempo. Me mandaba a vivir con diferentes parientes.

—¿Cuántas veces sucedió esto?

Usó su mano para contar cronológicamente la lista en su cabeza.

—¿Cinco veces? Después de eso no quedaban más parientes dispuestos a tenerme.

La señora Bárbara asintió mientras continuaba garabateando.

—Gracias por compartir todo esto conmigo. Yo creo que eres un buen candidato para recibir asilo.

Se acordó de Guanaco, su primer amigo en este centro, y cómo las cosas no habían cambiado para él hasta que no cumplió dieciocho años.

—Entonces, ¿no me van a mandar de regreso? ¿Me puedo quedar aquí mientras pido asilo?

—No puedo asegurar nada. —Chequeó sus notas—. Me gustaría colocarte en un hogar alternativo.

Miró sus manos, que todavía estaban enrolladas en el dobladillo de su sudadera. Otra cosa para hacerle tener esperanza y otra cosa para decepcionarlo. Si se quedaba aquí por lo menos sabía qué esperar. Y la otra razón que escondió en lo más recóndito de su mente. Si se quedaba aquí María Dolores sabría dónde encontrarlo.

—Quizás un hogar alternativo no sea la mejor idea.

La señora Bárbara sacó sus manos de la sudadera y no dejó que las alejara.

—Nadie te va a hacer daño. Las familias que ofrecen hogar alternativo han sido seleccionadas cuidadosamente y te darán la bienvenida en sus hogares. Vivirías la vida de un adolescente normal.

En vez de como un detenido o un prisionero, pues era lo mismo en este lugar. Podía vestirse como quisiera asumiendo que tendría opciones. Comer cualquier cosa que estuviera disponible. Levantarse y acostarse a cualquier hora a menos que le ordenaran de manera diferente. Podría bailar en la lluvia cuando lloviera en el desierto.

—¿Estaría ahí hasta que cumpliera dieciocho años?

—Probablemente no. Los hogares alternativos son temporarios. Sería hasta que tu hermana pudiera hacerse cargo de ti.

—Ella no va a venir. —Si no, lo hubiera sacado cuando vino a buscar a Alegría. ¿Pero habría cambiado algo si lo hubiera hecho? De acuerdo con Chismoso, los muchachos eran entregados solo a padres o tíos que pudieran probar que estaban relacionados. ¿Qué prueba tendría María Dolores? Él ni siquiera sabía cuándo había nacido.

La señora Bárbara demoró unos minutos antes de responder.

—Aunque solo fuera por un corto período de tiempo, estarías fuera de este lugar.

Se acarició con las manos su barriga con el bebé.

Mami había hecho esto también. No sabía cómo lo sabía pues él estaba dentro de la barriga, pero lo sabía instintivamente.

Como también sabía que mami odiaría verlo en este lugar, encerrado sin poder vivir la vida libremente. Por ella, lo iba a hacer.

—Por favor —suplicó Santiago—, indíqueme todo lo que tengo que hacer para conseguir asilo y un hogar alternativo y cualquier otra cosa para poder salir de aquí y no tener que volver a México.

Se pasó el resto de la mañana con la señora Bárbara, quien le leyó la información que había traído, y llenando formularios. Se perdió la escuela y el almuerzo por primera vez. Cuando la señora Bárbara sacó dos barras de proteína de su bolsillo y le dio una a él (o no la habían registrado cuando entró o su embarazo le daba privilegios con respecto a la comida) dijo que no con la cabeza y le preguntó cómo se escribía «adoptar» para los papeles de hogar alternativo. Al final, ella le dijo que escribiera una autobiografía corta en español para las familias que ofrecían hogares alternativos.

—¿Qué debo decir?

—Lo que crees que las personas deben saber acerca de ti.

Tenía la mente en blanco. No podía pensar en nada que a las personas les interesara saber sobre él.

—¿Lo puede escribir por mí?

Sonrió y sacudió la cabeza.

—Es importante que venga directamente de ti. Tus palabras, tu letra.

Un suspiro se le atragantó en la garganta. Podía escribir.

Un poco. El señor Dante le había enseñado lo básico y le había prestado un libro nuevo para leer todos los lunes y los jueves cuando tenían clases. Algunas palabras como «hola», «gracias» y aunque le dolía pensar en ella, «Alegría», las podía escribir automáticamente mientras que otras palabras las tenía que pronunciar letra por letra para poder escribirlas en la página. Entre los libros y el haber practicado con frecuencia, podía escribir. Y quizás pudiera escribir su autobiografía él solo.

Pero pensar en las palabras le preocupaba.

—Mira —la señora Bárbara interrumpió sus pensamientos—. Tengo que orinar otra vez y no está permitido que te deje aquí solo. ¿Por qué no trabajas en la autobiografía durante unos días y me la entregas a finales de la semana?

—¿Va a volver?

—Todos los días de esta semana. —La señora Bárbara recogió los papeles que había llenado de Santiago—. Mientras tanto voy a archivar estos papeles.

—¿Cuánto demora antes de que algo suceda?

—Voy a presentar los papeles solicitando asilo rápidamente, pero aún así va a demorar bastante tiempo. Para el hogar alternativo, espero que puedas estar en uno en un par de semanas.

Sus ojos se agrandaron. ¿En un par de semanas? Eso no era nada.

—Voy a tener la autobiografía lista para mañana.

—Perfecto. Pero quiero aclarar una cosa. —La sonrisa le falló y cuando la volvió a reemplazar lucía forzada—. El dejar este centro no significa que puedas quedarte en este país para siempre. Vas a tener una cita para ir a la corte y la decisión de si te van a dar asilo dependerá del juez. Aún es posible que tengas que volver a México a vivir con tu abuela.

Los hombros se le cayeron y tragó en seco comprendiendo lo que ella le acababa de decir, y la siguió al salir de la sala. Eso sería lo peor que podía pasar. Tomó la decisión por mami de permanecer optimista. No había razón para pensar de manera diferente sobre el futuro.

CAPÍTULO 31

Le tomó el resto del día escribir la autobiografía para la señora Bárbara. Santiago asistió a la clase de la tarde del señor Dante pero se sentó en una esquina él solo mientras trabajaba con un diccionario. La abogada había dicho que hiciera la autobiografía personal, interesante y honesta. ¿Cómo sabía alguien lo que debía escribir sobre sí mismo? ¿Qué era lo que las personas encontraban interesante? El señor Dante había sugerido que Santiago hiciera de cuenta que era un personaje en un cuento y que lo describiera de esa manera. Esto lo ayudó.

Mi nombre es Santiago, comenzó.

Tengo doce años. Yo soy un huérfano (necesitó ayuda del maestro para que le enseñara cómo escribir huérfano) *de México. Estoy aprendiendo a leer y a escribir en español.*

Estoy aprendiendo un poco de inglés también. Espero continuar mejorando. Me gusta leer y contar cuentos. Yo puedo cuidar niños y bebés. Yo soy responsable. Yo no me enfermo. Mi maestro dice que soy listo. No sé si es verdad.

Volvió a chequear cada palabra en el diccionario para asegurarse de que la había escrito correctamente y estaba añadiendo el último acento cuando Castillo abrió la puerta para llevarlos de regreso a la sala principal. En el otro lado los abogados voluntarios estaban parados junto a la puerta de salida esperando para que Patterson los dejara salir después de haberse pasado todo el día en reuniones con los otros muchachos.

—¡Espere! —gritó Santiago, corriendo hacia ellos.

—*Walk!* —gritó Patterson en inglés.

—Tome. —Sacudió la autobiografía delante de la señora Bárbara—. ¿Está bien? No quería esperar hasta mañana para dársela.

La señora Bárbara la miró brevemente antes de ampliar su sonrisa que lucía fuera de lugar en este centro.

—Es exactamente lo que quería. Voy a estar en contacto contigo pronto.

Santiago retrocedió de la puerta y le dijo adiós con la mano.

Durante los próximos días usó toda su energía para tratar de salir del centro e ir a un hogar alternativo. Le había pedido al señor Dante que escribiera una carta que reflejara lo que había logrado académicamente. El maestro se la dio en la próxima clase.

Santiago es uno de mis mejores alumnos. Él siempre asiste a mis clases con entusiasmo, dispuesto a aprender. Nunca había visto a un estudiante progresar tan rápido en mis cinco años enseñando. Es siempre cortés y respetuoso con todos. Tenerlo a Santiago en mi clase me recuerda por qué me hice maestro. Es un placer enseñarle.

A Santiago le gustó tanto la carta que quería quedarse con ella.

Se cercioró de que los guardias lo vieran ayudando a Consuelo limpiando después de las comidas. Cuando los guardias pidieron voluntarios, Santiago se ofreció para poner las decoraciones navideñas. Los papeles rojos, verdes y plateados eran más deprimentes que alegres, pero Santiago no expresó en voz alta estos pensamientos. La señora Bárbara no había dicho que tenía que ayudar, pero tenía sentido presentarse delante de todos de la mejor manera.

Unos días después de otra fiesta, esta celebrando la Nochebuena, Patterson empujó un carrito con cuatro cajas pesadas de donaciones.

Santiago dijo en su mejor inglés.

—*I you help*.

Levantó las cajas del carrito que Patterson se llevó antes de que a los muchachos se les ocurriera jugar en él (la idea había definitivamente cruzado la mente de Santiago). Le quitó la cinta adhesiva a una de las cajas y se quedó sin aliento.

—Ay no, solo son libros —dijo Llorón, que se había acercado contento con la posibilidad de regalos navideños. Cuando no mantenía a todos despiertos durante la noche con su llanto, siempre encontraba algo de que quejarse durante el día. Como resultado, la mayoría de los muchachos lo ignoraban.

Otros muchachos se amontonaron para revisar el contenido de las cajas. La mayoría de los libros estaban en español, aunque había algunos bilingües y uno raro en otro idioma. Una de las cajas contenía gruesos libros en rústica que después de que uno de los muchachos los denominó como almohadas, varios adolescentes los agarraron. Con una sudadera arrugada encima del libro, era lo más próximo a una almohada que habían tenido.

De la caja enfrente de él, Santiago sacó libros de actividades con rompecabezas y juegos, Harry Potters (o Arri Pota, como lo llamaban los muchachos) y biblias ilustradas. El montón de cómics del Pato Donald fue arrebatado de sus manos en un instante. Les recordaban a sus países, donde los vendían en casi todos los puestos de revistas. Aunque Santiago no sabía leer, le había gustado mirar los dibujos cuando podía encontrar uno. No se reservó uno para él esta vez. Debajo de los cómics estaban los libros de cuentos para niños. Una portada familiar en azul y dorado le hizo señas.

—Ay —suspiró y sacó el libro con cuidado de la caja. Lo apretó y se lo llevó al pecho. Alejándose de las cajas se fue a su lugar favorito para leer.

—¡Miren a Santi! —gritó Llorón—. Está leyendo un libro de niñas.

Dos o tres viraron la cabeza para mirarlo, pero enseguida mostraron indiferencia mientras seguían buscando dentro de las cajas. Santiago sentía la mirada de Patterson en él. Sé amable. Para ir al hogar alternativo tenía que ser amable.

—¿Te gustaría que te leyera el cuento? —le preguntó a Llorón señalando el espacio libre a su lado.

—Yo no soy un bebé y no soy una niña. —Llorón se alejó ofendido. Santiago sintió alivio. La primera vez que leía este libro quería disfrutarlo solo.

La princesa en la cubierta no parecía necesitar que la rescataran pues estaba vestida con la ropa de una líder y de una defensora. Santiago sostuvo el libro durante varios minutos girándolo en sus manos sintiendo la portada suave y nueva. Olía a papel, tinta y pega. No olía a nadie ni a ninguna otra cosa como deseando crear sus nuevos recuerdos con él. Sus dedos marcaron el título ilustrado como soplos de aire: *La princesa y el viento*.

El cuento sobre una princesa que se enfrentó al espíritu del viento para proteger a su pueblo. Era el cuento que le había contado a Alegría en el salón de espera cuando llegaron a este centro. El mismo cuento que su mami solía leerle. En ese tiempo, Santiago había pensado que la princesa había sido mami. Después de todo mami sabía hablarle al viento también.

Apretó el libro contra su pecho. Aún con la cubierta dura y los bordes puntiagudos se sentía seguro y confortable. Como mami. Más que nunca, la extrañaba.

Tenía que ir a un hogar alternativo. Era la única forma de poder salir. La única forma de poder bailar bajo la lluvia. La señora Bárbara había prometido que sería en alrededor de dos semanas. Solo dos o tres semanas.

Abrió el libro con cuidado para no dañar el centro y fue a la primera página. Mientras lo leía no tuvo que pronunciar ninguna letra. Él sabía este cuento.

CAPÍTULO 32

—¡Basta! ¡Bájate, aléjate de mí!

Santiago se sentó tan rápido que se sintió mareado y sus ojos se tuvieron que esforzar para poder ver en la semioscuridad. Estaba de vuelta en la casa de la malvada. Con las manos temblorosas, se apoyó contra la pared detrás de él para mantener el equilibrio.

¿De dónde vendría el golpe? No podía verla.

Porque no estaba aquí. Solo había muchachos adolescentes. Y guardias.

—¡Mamá! ¡Mamá, regresa! —Los gritos continuaban.

Todos los muchachos estaban ahora despiertos y maldiciendo al que gritaba. El corazón de Santiago le latía con fuerza, aunque no había sido él quien gritaba. Se abrazó a su libro como si fuera una manta de seguridad.

Herrera pisó con fuerza al acercarse a una figura que se revolcaba en el suelo como si tuviera convulsiones. Alrededor del muchacho la colcha metálica estaba hecha pedazos.

—Despierta, loco. —El guardia lo pateó. El muchacho que se revolcaba se paró.

Herrera saltó hacia atrás y soltó un grito agudo. El muchacho que gritaba miraba al guardia fijamente. Lentamente, el muchacho dio una vuelta en círculo para mirar a la sala repleta de muchachos.

Santiago suspiró. Era Llorón, él que se había burlado de su libro. Sus grandes ojos negros lucían poseídos y al mismo tiempo vacíos.

—Él aún está dormido —murmuró alguien. Todos lo observaban en silencio.

—Haz algo —le dijo Herrera a su colega, un guardia nuevo que Santiago no conocía.

—¿Como qué? No se debe de despertar a un sonámbulo. Algo con relación al susto puede dañar su cerebro.

Llorón comenzó a caminar por el salón repleto arrastrando los pies como un zombi, aunque lucía más como un fantasma. Ninguno de los adolescentes se atrevió a pronunciar ni una palabra.

—Quizás lo podamos volver a acostar en el suelo —dijo Herrera con un falso sentido de valor.

El otro guardia chilló.

—¿Estás loco? No podemos tocarlo. ¿Quieres que te lleven a corte por mal comportamiento?

—Llama al médico —ordenó Herrera.

—No hay nadie de turno. Cortaron el presupuesto.

Llorón continuó caminando alrededor de los cuerpos haciendo que los muchachos se quitaran de su camino. Estaba a un metro de Santiago mirándolo con los ojos vacíos.

Santiago puso su libro en el piso y se paró con cuidado. No quería mirar a Llorón a los ojos. Extendió su brazo y señaló hacia el piso.

—Acuéstate, ahora mismo —le ordenó Santiago en el tono que usaba con sus primos cuando se le iban de las manos.

Llorón pareció entender.

—¿Y mamá?

—Ella viene —mintió Santiago manteniendo su tono firme.

—Mataron a papi tratando de cruzar. Le dispararon.

—Ya lo sé —dijo Santiago aunque no lo sabía.

—Trataron de dispararnos a mamá y a mí. Se llevaron a mi mamá.

—Sí, pero estás a salvo ahora así que acuéstate — insistió Santiago.

—¿Aquí?

—Sí, ahora.

Llorón le dio una vuelta en círculo al suelo como un perro antes de acostarse de lado con los brazos debajo de la cabeza y los ojos vacíos abiertos. «Debí de haberle dicho que durmiera en otro sitio», pensó Santiago.

—Ahora cierra los ojos —le dijo Santiago—. Mantenlos cerrados y mamá vendrá.

Finalmente, Llorón cerró los ojos y Santiago se derrumbó en su esquina. Unos segundos después, Llorón dejó escapar un medio ronquido, medio gemido, un sonido que cualquier otra noche hubiera hecho que los demás muchachos se rieran y habrían tratado de imitarlo.

Santiago les hizo señas a los guardias, señaló su colcha metálica y después a Llorón que roncaba. Herrera comprendió y se apresuró a buscar una colcha nueva para el sonámbulo mientras el otro guardia pestañeaba mirando a Santiago y esbozaba una pequeña sonrisa. Era lo más que ningún guardia había hecho para darle las gracias a ninguno de los habitantes que estaban ahí. Era suficiente.

Santiago se cubrió la cabeza con su propia manta. Aunque ahogaba la luz encendida no hacía nada para protegerlo de los ronquidos. Pero los ronquidos eran mejores que los gritos. La realidad era mejor que las pesadillas. A la mañana siguiente, Llorón no recordaba nada de los terrores de la noche y se volvió a burlar de Santiago sobre su libro de niñas. Santiago mantuvo su boca cerrada. Si esto no lo hacía el candidato estrella para ir a un hogar alternativo, él no sabía qué otra cosa podía hacer.

Los abogados voluntarios regresaron al centro a finales de enero. Pero la señora Bárbara no estaba con ellos.

—Con permiso —le dijo Santiago al abogado mayor con las manchas de la vejez en sus manos y cara—. ¿Va a venir mañana la señora Bárbara?

El abogado giró su cabeza para mirar a Santiago.

—No, mi'jo. Ella no va a volver por mucho tiempo. Acaba de tener un hermoso varón. Bendición para ambos.

Santiago se acordó de su embarazo, por supuesto, pero no se había dado cuenta de que no volvería cuando naciera el bebé. Quería alegrarse por ella, pero se sentía traicionado. Ella había prometido que volvería. También había dicho que él estaría en un hogar alternativo en dos semanas y esto había sido hacía seis semanas.

—¿Usted sabe, quiero decir, sobre mis aplicaciones? —tartamudeó—. Ella me puso en la lista para un hogar alternativo y otras servicios y yo... bueno, todavía estoy aquí.

—No te preocupes, mi'jo. Los ayudantes en la oficina se han hecho cargo de los papeles de todos. —El viejo se subió los espejuelos y lo miró con pena—. Pero desgraciadamente estas cosas pueden demorar varios meses, para algunas personas hasta años. El gobierno quiere soluciones ahora pero después se demora eternamente en tomar acción.

—¿Qué hay de escribir cartas? Para tratar de convencerlos. —Esto no podía ser. No después de todo—. Yo soy un buen muchacho. Siempre estoy ayudando. Pregúnteles a los guardias cuán bueno soy.

—La situación de cada individuo es diferente. —El hombre sacudió su cabeza—. Hay más de trece mil muchachos en centros en todo el país y este es uno de los mejores. Muchos están viviendo en tiendas de campaña con cercas de metal como jaulas. Lo siento, pero está fuera de nuestro control.

Varias semanas atrás había pensado que quedarse en el centro no sería tan malo. Pero la idea de un hogar alternativo lo había cambiado todo. Sabía que no debía haber dejado que la esperanza surgiera, no debió haber planeado para el futuro. Había cometido el mismo error con María Dolores.

—Por favor, dígale a la señora Bárbara que la felicito por su nuevo bebé. —Las esquinas puntiagudas de su libro favorito que tenía en la cintura del pantalón para mantenerlo seguro le pinchaban el pecho y la ingle. Se encaminó hacia la puerta y se colocó al principio de la fila para salir afuera. Esto le daba algo que hacer.

Un muchacho asmático que malamente llevaba en el centro dos semanas saltaba en un círculo como un niño pequeño.

—¿Oigan, adivinen? Me han aprobado para ir a un hogar alternativo mañana. ¿Lo pueden creer?

Santiago se alejó y jaló la parte de atrás de su sudadera sobre su cabeza como si fuera una capucha. Siempre parecía haber favoritismo para los muchachos enfermos. Una parte de él deseaba que la familia alternativa del muchacho fuera detestable.

CAPÍTULO 33

Santiago estaba parado con la espalda hacia sus compañeros y los dedos entrelazados en la cerca que rodeaba el área de afuera. No habían salido en días debido al frío y aún ahora solo estaban afuera para que pudieran limpiar la sala principal.

El viento de febrero rugía y las nubes encima se rasgaban con los truenos. Unos segundos después la lluvia helada les cayó encima. Escuchó el correr de cien y pico de muchachos dirigiéndose hacia la puerta y abrazando la pared del edificio mientras Castillo buscaba su llave-tarjeta.

Aún así Santiago no se movió. La lluvia que lo golpeaba no hacía efecto sobre él. Santiago sentía que era inútil intentar protegerse, o bailar. Todo era inútil.

—Apúrese que me estoy congelando —le dijo Llorón a Castillo jirimiqueando.

Cuando Castillo al fin abrió la puerta y todos pudieron entrar, Santiago estaba empapado y tenía el pelo pegado a la cara. Castillo lo llamó y le hizo señas para que se apurara. En la puerta Santiago se viró y miró hacia la lluvia una última vez. Era la primera lluvia que había visto o sentido desde la caseta abandonada en México cuando rehusó volver a la casa de la malvada. Las gotas cambiaron de claras a blancas, de caer a cántaros a no pesar nada. Era nieve. Se dio cuenta antes de que Castillo cerrara la puerta casi en su rostro.

—¿Podemos volver a salir más tarde?

Castillo se rio antes de hablar.

—¿Estás loco? ¿Sin abrigos y sin zapatos? Eres dichoso de haber podido ver la nieve por un segundo. Los otros muchachos van a estar celosos.

Las chancletas mojadas de Santiago chillaron mientras continuaba caminando por el pasillo hacia la sala principal. Sus pies se pegaron a las medias empapadas. Se sacó el libro de la cintura del pantalón y lo mantuvo lejos de su cuerpo mojado. En el baño usó una toalla para secar la tapa dura. El brillo de la cubierta había protegido la mayor parte del libro, pero los bordes ya no eran rígidos, se habían hinchado al doble de su tamaño normal. Adentro, los bordes de las páginas estaban torcidas como olas.

Después de cerciorarse de que el libro solo había sufrido daños mínimos, Santiago se quitó la ropa, la exprimió y secó su cuerpo lo mejor que pudo antes de ponérsela otra vez, empapada. Era viernes y no recibirían ropa limpia y seca hasta el domingo. Al ser media tarde, aún no habían abierto el agua caliente.

Sintió el frío constante de la sala principal como un golpe en las tripas cuando salió del baño. Se fue a su espacio contra la pared sintiendo que sus piernas malamente podían sostener su peso.

Los dientes le sonaban mientras se envolvía en su colcha metálica apretándola contra sí. Su cuerpo temblaba aún más al acurrucarse en su esquina. Su libro estaba en el piso a su lado, pero por primera vez no tenía deseos de leer. Descansó su mano que temblaba sobre la cubierta sintiéndose contento de tenerlo cerca.

No se movió hasta la hora de la cena. Aún húmedo y temblando fuertemente se arrastró hasta la fila de la comida antes de que un guardia lo llevara a la fuerza. El almuerzo había consistido en tortas con una carne que olía mal. Como la mayoría de los muchachos no se habían comido las tortas (Santiago sí, él comía de todo) habían sobrado muchas y se usaron para la cena reemplazando así la única comida caliente del día. Esta vez, no se comió la torta, sino que escogió dos vasos de frutas, pero solo se comió uno. Dejó el otro sobre la mesa para que otra persona se lo pudiera comer. Si Consuelo estaba trabajando no se quedó para ayudarla.

De regreso en la sala principal se acomodó en su esquina para pasar la noche. Se cubrió la cabeza con la colcha metálica que ya no conseguía mantenerlo caliente. Su cuerpo temblaba tanto que la colcha crujía.

En algún momento las luces disminuyeron marcando la hora de dormir. Y comenzaron los gritos.

—¡Mamá! ¡Quiero a mi mamá! —gritaba alguien. Santiago reconoció los gritos. Venían de alguien que él conocía. Debía callarse antes de que la malvada llegara y lo callara. Pero no se callaba. Era como si lo estuvieran torturando.

Si tan solo mami estuviera aquí. Su mami, no la de otra persona. Su mami que lo calentaría y callaría los gritos. Él quería a su mami. ¿Dónde estaba mami? ¿Dónde estaba la gente cuando la necesitaba?

Se retorcía de un lado al otro sin encontrar una posición cómoda, sin poder calentarse. Su cuerpo comenzó a sudar mientras temblaba. Sus ropas húmedas se le pegaron al cuerpo. ¿O era el sudor que las empapaba?

Las luces volvieron a brillar. ¿Para callar al que gritaba? No, el gritón había parado pero varias personas hablaban. Murmuraban cosas que no entendía. ¿Por qué no se callaban? Este era el tiempo de silencio. Disminuyan las luces otra vez. Apáguenlas.

Pero alguien lo estaba pateando. ¿Quizás estaba diciendo algo? Abrió un ojo y se encontró a una persona uniformada amenazante sobre él.

—Levántate vagabundo. Es hora de comer —dijo el guardia.

Santiago se puso la colcha sobre la cabeza y lo volvieron a patear. Duro, en la espalda. Se levantó con esfuerzo, el libro de mami en su mano, pero sus piernas no lo lograron sostener. Las luces se apagaron lenta y completamente.

TERCERA
PARTE

CAPÍTULO 34

Hacia lo desconocido: el futuro

La cama cruje debajo de su cuerpo tembloroso. Quizás no es una cama sino un ataúd.

Quisiera que la muerte se apresurara y sucediera ya. Estaría de regreso con mami. Todo estaría bien y los gritos pararían al fin.

¿Dónde está? ¿Un lugar transitorio para el otro mundo? Tiene que ser. La luz le lastima los ojos. El cuerpo le duele. Se siente cansado y rígido, pero no lo suficiente como para que amerite gritar. Y la garganta, en carne viva, sin fuerzas para gritar.

Entonces, ¿quién está gritando? ¿O hablando muy alto? No es él. El ruido hace que le duela la cabeza. El grito es fuerte y está regañando. Es de un hombre, no, de un adolescente. Un hombre mayor con pelo blanco, bigote blanco y una bata blanca.

—*Extreme negligence on your part* —dice la voz; como las palabras se parecen al español, Santiago las entiende.

Luego:

—*A human . . . his life.*

Espérate, ¿perdió alguien la vida? ¿Murió alguien? ¿Es él la persona muerta? ¿Es posible morirse sin darse cuenta?

Una colcha de franela le cubre el cuerpo. Debajo de él algo se amolda a su espalda y su cuello. Son una cama y una almohada. Definitivamente está cómodo. Entonces sí que podría estar muerto.

La voz es la del médico que lo había examinado el día que llegó. Aún tiene los ojos rojos, pero ahora hay ira en ellos. Los cuerpos a los que les está hablando ya los puede ver con claridad: Herrera, Castillo, Patterson y otros guardias que no reconoce.

Debe de estar todavía en el centro. La cabeza le palpita, las extremidades le duelen y el cuerpo le tiembla. No es el purgatorio sino el infierno.

El médico continúa gritando en inglés sobre no poder hacer su trabajo si ellos no hacen el suyo.

—No me sorprende, la familia ha puesto una demanda.

Aunque el médico solo habla inglés, lo que dice sobre poner una demanda suena familiar. Santiago lo había oído varias veces cuando había visto durante el día un programa en la televisión sobre la corte. La familia del muerto los va a llevar a corte.

Un nudo hace presión sobre su garganta en carne viva. Alguien se ha muerto de seguro. Pero no es él. Nadie en su familia pondría una demanda por él.

El médico les dice más insultos antes de agarrar una toalla y tirársela a Patterson en el rostro. Encuentra una sudadera gris y se la lanza a Herrera. Finalmente, el médico les indica con la mano que se vayan. Rápido. Cierra los ojos. No ves nada, no sabes nada. Si los guardias saben que él presenció el regaño, de verdad va a estar muerto.

La garganta le quema al respirar por la boca. Tose y después se ahoga por el dolor. Las cosas dolían menos cuando estaba muerto.

Cuando está seguro de que los guardias se han ido, abre los ojos despacio y se esfuerza para decir unas palabras.

—¿Dónde estoy?

En vez de contestar, el médico le da un vaso plástico lleno de un jarabe rojo. Sabe a una paleta derretida cubriendo un insecto amargo, pero le alivia la garganta.

—*Where I?* Santiago trata otra vez, pero en inglés.

—*Infirmary.*

—¿Eh?

—*Medical room* —clarifica el médico.

Ah, el salón médico, la enfermería. Las mismas máquinas hacen ruido como cuando tuvo el examen físico a su llegada. Es la misma atmósfera estéril de antes. Excepto que esta vez hay un libro (¡su libro!) sobre una mesa y hay dos catres colocados contra la pared, el suyo y otro que está vacío.

Hay una manta tirada en el catre vacío. Alguien había estado ahí.

Consuelo entra en la habitación trayendo una bandeja llena de comida. Santiago vira su cabeza para seguir el delicioso olor. Usa toda su fuerza para levantarse sobre los codos y poder sentarse.

Ella le coloca la bandeja sobre las piernas.

—Es sopa de pollo; la hice especialmente para ti y para el otro enfermo… —No puede continuar y se excusa saliendo del cuarto mientras las lágrimas le corren por el rostro.

Santiago estira la mano para agarrarla. Espere. No se vaya. Pero lo que deja salir es una tos seca.

—*Who boy die?* — pregunta Santiago en inglés una vez que puede volver a hablar—. *What he name?*

El médico regresa a su lado con otro vaso que contiene esta vez una píldora blanca larga, otra de color melocotón redonda y una cápsula.

—Méndez, Lorén Méndez.

El nombre no le es familiar. Quizás es uno de los niños pequeños. O quizás alguien de su sección que solo conoce por el apodo. Pero el médico no luce tener deseos de hablar mientras revisa papeles con el ceño fruncido. Quizás es mejor que Santiago no sepa por ahora quién fue.

La sopa ya está lo suficientemente fría como para poder tomarla, y lo suficientemente caliente para aliviar su garganta. Sabe a gloria. Pedazos de pollo suavecitos están en el fondo del plato hondo junto con zanahorias y guisantes de verdad.

En la bandeja Consuelo había incluido un pedazo de pan suave y caliente con mantequilla, una naranja, un vaso con gelatina violeta y otro vaso con jugo de toronja. Su estómago encogido le grita que pare mientras el resto de su cuerpo anhela la nutrición. Él nunca había tragado píldoras, pero bajan muy bien escondidas dentro de la gelatina.

Antes de terminar el jugo alza el vaso hacia el catre vacío.

—Debí de haber sido yo, Lorén. Hubiera estado ahora con mi mami y a nadie le hubiera importado.

CAPÍTULO 35

Santiago permanece en la enfermería durante el fin de semana hasta que la tos desaparece y recupera su fuerza. A la hora de cada comida, Consuelo le trae una sopa diferente: lentejas, carne, tortilla. Cada una casera, probablemente costeada con su propio salario. Él insiste que no necesita hacer esto, pero ella insiste que lo quiere hacer. A cambio, él arranca una página de una revista que el médico tiene y escribe «muchas gracias» en la parte de arriba y se la entrega a ella junto con la foto de un ramo de flores.

El médico lo da de alta a tiempo para poder asistir a la clase de la tarde del señor Dante. Todos en la sala principal paran su aburrimiento para mirarlo. Algunos se echan hacia atrás como habían hecho cuando Llorón estaba sonámbulo. Otros están boquiabiertos como si estuvieran viendo un fenómeno. Gracias a Chismoso, todos están más informados sobre su condición médica que él mismo.

—¿Es verdad que por poco te mueres de hipotermia?

—Mano, yo vi cuando te desmayaste. Qué gran susto.

—¿Dónde te quedaste?

—¿Viste el cuerpo muerto?

Eran muchos y demasiados. Santiago huye del tumulto cubriendo su cabeza con sus brazos.

—Por favor, déjenme quieto.

Necesita algún lugar para esconderse. ¿El baño? No, otra puerta abierta lo llama. Corre para entrar al salón de clases y se deja caer en una silla plegable junto a la mesa del maestro.

—Sálveme.

El señor Dante asiente sin preguntar. Camina hacia la puerta y llama a los otros.

—Chicos, vamos.

Una vez que los adolescentes de la tarde entran, el maestro se vira hacia la clase y les habla en inglés.

—*Today, anyone who wants to talk has to do so in English.*

—¿Por qué?

—*No, English.*

Un gruñido se esparce por el salón por tener que hablar solo en inglés. El señor Dante comienza a hacer preguntas en inglés cómo: «*What is your favorite animal?*» (¿Cuál es tu animal preferido?). Se escuchan chillidos y rugidos cuando los muchachos no saben el nombre en inglés.

Santiago mira al maestro a los ojos y pronuncia sin hablar: «Gracias».

El señor Dante alza las cejas esperando. Los labios de Santiago pronuncian nuevas palabras: «*Thank you*».

El señor Dante parpadea en reconocimiento y continúa dando clases.

Los gritos nocturnos terminan con la muerte de Lorén Méndez y algunas cosas cambian en el centro.

Gente de afuera los visita e inspeccionan las instalaciones: políticos, abogados y periodistas. Las cabezas se sacuden, hay entrevistas y más regaños. Pero las condiciones de vivienda no cambian mucho. No hay camas y la comida solo es comestible a veces. Lo que cambia es la ropa.

Ahora si la ropa se les moja, tienen que pedir ropa seca. No hay excepciones. En una sala repleta de adolescentes aburridos y traviesos, muchos deciden darse duchas con la ropa puesta. Y los guardias tienen que continuar dándoles ropa seca.

También si tienen frío tienen derecho a recibir ropa adicional. Durante algunos días, ciertos muchachos andan con los calzones en la cabeza como gorros hasta que deja de ser gracioso. Lo que realmente se hace popular es usar un par de medias extras como guantes. Santiago tiene las suyas en los bolsillos junto con su cepillo de dientes y su colcha metálica. Su libro aún está en la cintura del pantalón.

Resulta que las colchas metálicas solo funcionan reteniendo el calor. El señor Dante explica la ciencia de esto y hacen juntos un experimento con una lámpara y un vaso con hielo. Hubiera sido una clase interesante si sus vidas no dependieran de la información.

Pero lo más importante es que los guardias ahora les prestan atención a todos, moviendo la mirada de un muchacho a otro como agentes especiales, excepto sin los espejuelos de sol. Chismoso jura que el médico de verdad les gritó. «Estén seguros de chequear a los muchachos pues les pagan para protegerlos en vez de estar parados contando las pulgas en sus brazos».

Todos los que se enferman reciben una dosis de medicina que sabe bastante mal. Lección aprendida: Si estás un poquito enfermo usas toda la energía limitada que tienes para hacer de cuenta que no lo estás.

¿Quién se iba a imaginar que aún después de muerto Lorén Méndez, el sonámbulo que se quejaba y que los muchachos llamaban Llorón, seguiría causando tantos problemas?

CAPÍTULO 36

Los vientos de la primavera aumentan cuando el mes de febrero se está terminando, recogiendo polvo y tierra y tirándolo en el rostro de Santiago, la única persona valiente o estúpida que se enfrenta al viento. Algunas veces el viento es tan fuerte que los guardias cancelan el tiempo de los muchachos para estar afuera. No hay aire fresco ni fantasías sobre lo que hay afuera del área cercada. Todo es igual. No hay diferencia entre un día y otro.

Solo los dos días de clases cambian la monotonía. Aún en el mismo día, las dos sesiones son diferentes y siempre son interesantes.

—Hoy vamos a trabajar en la escritura. —dice el señor Dante mientras le entrega papel y lápices a la clase.

Santiago se sienta derecho e ignora los quejidos de los otros.

—¿Por qué la escritura es importante cuando hay tanta tecnología que lo puede hacer por nosotros? —pregunta el señor Dante.

—Porque no siempre se puede depender de la tecnología —dice un guatemalteco que llaman Listo por su tendencia a ser siempre el primero que contesta las preguntas que hace el maestro.

El señor Dante asiente.

—Exactamente. La tecnología falla constantemente. Las computadoras no siempre funcionan, los teléfonos celulares se quedan sin batería y recepción.

—No todos tienen computadoras ni teléfonos celulares —dice otro muchacho.

—Como nosotros. —Gruñidos siguen el comentario.

El señor Dante insiste:

—¿Qué más?

—Porque si nunca le escribes a tu abuelita, nunca te va a mandar dinero por tu cumpleaños.

La clase se ríe y muchos están de acuerdo.

—Es cierto. —Los ojos del señor Dante sonríen—. Mi mami no sabe prender una computadora y solo tiene un teléfono en la casa. Mi abuelito en Honduras no tiene ninguna de esas dos cosas. ¿Qué más?

—Es una forma de expresarse. —Santiago se lo dice a sí mismo, pero le sale en voz alta.

El señor Dante reflexiona sobre sus palabras mientras señala hacia él con entusiasmo.

—Explica.

—No sé. —Santiago se detiene a pensar por un momento—. Cuando uno escribe, pone algo de sí mismo en el papel. Una persona puede saber si estás triste o inseguro basado en cómo has escrito algo.

—Perfecto. Me encanta.

—También —interrumpe Listo, el preferido del maestro—, escribir a mano hace más fácil escribir de forma que no sea lineal.

El señor Dante se mueve de un lado al otro del salón sin poder contener su entusiasmo.

—Explica lo que eso significa.

Listo se endereza en su silla.

—Adulador —murmura Chismoso.

—En un pedazo de papel no tienes que escribir en línea recta —dice Listo orgulloso—. Puedes escribir algo en el centro del papel, y otra cosa diferente en un ángulo en una esquina. Puedes poner el papel al revés y escribir algo ahí.

—Magnífico —el maestro aplaude—. Y quiero animarlos a que traten de no pensar en forma lineal. «*Think outside the box*», como dicen en inglés. No todo tiene que ser metódico. Escribir es un arte y a través de este arte se están expresando sin tener que depender de una máquina.

—¿Podemos escribir cualquier cosa? —Chismoso alza las cejas tratando de ver lo que puede conseguir—. ¿Pero en español o en inglés?

—Español. —El señor Dante hace un inventario rápido de la clase. Todos los que están presentes hablan español—. El tema es: Si pudieras hacer lo que deseas, ¿qué harías? Si pudieras ser cualquier persona, ¿quién serías? Sean todo lo realistas o imaginativos que deseen. Si estás yendo a la universidad, dime qué estás estudiando. Si te salen alas y estás volando al espacio déjame saber. Escriban sobre ideas o sueños o planes que tienen. No se preocupen por las líneas, la ortografía o la presentación. Solo escriban del corazón. ¡Adelante!

La página en blanco delante de Santiago lo ciega. Su escritura ha mejorado. No es perfecta, pero es competente. Generalmente le gustan las asignaciones no estructuradas del señor Dante. ¿Pero pensar en qué podría ser? ¿El futuro? Aún uno imaginario sería devastador si no se hace realidad.

Había pensado que tendría una vida mejor viniendo a los Estados Unidos, asumiendo que viviría con María Dolores y Alegría juntos como una familia. Estúpido. Después fueron todos esos papeles para un hogar alternativo, ayudar a los guardias, todo con la esperanza de poder salir de este lugar. Todo para nada.

Su futuro es sencillo: quedarse ahí hasta cumplir los dieciocho años y después caminar por las calles de México pidiendo limosna para poder comer y buscando en la basura para ver qué puede encontrar. Regresar a trabajar con don José sólo le recordaría todo lo que está tratando de olvidar.

Él no tiene futuro. No va a hacer nada. No va a ser nadie. No hay razón para escribir esto.

Sus compañeros no son tan realistas. Algunos muchachos comparten lo que han escrito con la clase: conseguir un empleo, casarse, construir una casa. Otros entregan los garabatos de cosas diferentes: aprender a conducir, conocer a alguien famoso, conducir un auto deportivo con la persona famosa como pasajero. Patético.

Él arruga el papel en una bola. Excepto que el señor Dante lo ve. Hay desaliento en el rostro del maestro. Quizás debió de escribir algo fantástico para llenar el papel: criar un unicornio como mascota. No, no, ningún unicornio. Esa criatura le recordaría siempre a Alegría y su dibujo que no debió haber botado. No podía pensar en lo que había perdido como no podía pensar en lo que nunca tendría.

Castillo abre la puerta. No se puede demorar. Tiene que salir.

—Por favor, quédate —le dice el señor Dante.

Santiago mira hacia Castillo que le indica que está bien. Herrera le hubiera gritado a Santiago que sacara su cuerpo vago de ahí. Si solo el guardia malvado hubiera estado de guardia hoy.

Se podía ir de todas maneras, pero el maestro se lo había pedido por favor. Con los ojos mirando hacia la mesa, Santiago se vuelve a sentar en la silla plegable. El señor Dante se sienta sobre la mesa delante de él.

—Vi tu página en blanco. ¿Qué está pasando?

Santiago se encoge de hombros mientras continúa mirando la mesa.

—No tenía nada que escribir.

—No te creo. Yo sé lo creativo que eres. Vamos, cuéntame —insiste el maestro.

Santiago juega con el dobladillo de su sudadera doblando sus manos por debajo hasta que desaparecen.

—No hay ninguna razón para pensar en lo que quisiera hacer cuando no hay nada que pueda hacer.

El señor Dante suspira.

—Lo comprendo. Estás encerrado en un centro, a pesar de no haber hecho nada malo excepto desear tener una vida mejor, y no sabes cuándo podrás salir.

Sí, él lo entiende. Aún sin mirarlo Santiago añade:

—Y nadie tiene control sobre lo que pasa en el futuro.

—Quizás no hay control total. Pero puedes trabajar para conseguir lo que deseas, aquello en lo cual crees. Puedes controlar cómo respondes a lo que te sucede.

No, él no puede. Porque no va a poder cambiar nada.

Como no puede controlar lo que este gobierno decida hacer con él cuando cumpla dieciocho años. Ellos tomarán la decisión y ninguna acción por parte de él va a cambiar las cosas.

—Está bien. Déjame hacerte otra pregunta diferente. —La voz del señor Dante se suaviza como si comprendiera lo que Santiago está pensando—. ¿Si pudieras trabajar en lo que quisieras, en qué trabajarías?

—No lo sé.

El maestro cruza los brazos sobre el pecho y espera.

Santiago se abraza las rodillas y coloca su cabeza sobre sus piernas. ¿Cualquier trabajo que deseara? Nunca había pensado en esto. Su familia trabajaba en cualquier empleo que trajera dinero para comprar comida por horrible que fuera. Mami hizo… no, él no podía recordarlo. Si las cosas hubieran salido bien con María Dolores podría haber trabajado en el restaurante de su hermana como había hecho hacía varios meses atrás en Capaz. Pero no le gustaría hacer eso por el resto de su vida. ¿Pero qué otra cosa? ¿En qué es bueno? ¿Qué sería lo que le gustaría hacer?

—Creo que me gustaría ser un maestro. Como usted. Pero para niños pequeños. Cuatro, cinco, seis años serían edades buenas. —Sus palabras lo sorprenden. Pero a la vez una parte de él ya lo sabía.

—¿Por qué son esas edades buenas?

—Son lo suficientemente pequeños aún como para creer en unicornios.

Santiago alza la vista de sus rodillas y observa al señor Dante pestañear varias veces detrás de sus espejuelos.

—Yo creo que serías un excelente maestro.

Excepto que el señor Dante es la primera persona en la vida de Santiago que lo anima para que se eduque. Antes de llegar aquí a nadie le importaba si sabía leer o escribir.

—Cuando esté de vuelta en México nadie va a pagar para que continúe yendo al colegio.

—Págalo tú mismo.

—No tengo nada de dinero.

—Pues gánalo. Haz lo que sea necesario para lograr tus metas —insiste el señor Dante.

Eso suena muy bien en teoría. ¿Pero y en la práctica?

—¿Y si no puedo?

—Nadie triunfa dándose por vencido.

Santiago mira por la puerta abierta a la sala principal donde los muchachos se están colocando en fila para el almuerzo. Castillo se olvidó de él. O quizás confía en él. Si su estómago no hubiera comenzado a gruñir se habría podido quedar con el señor Dante durante todo el almuerzo.

—Por favor, piénsalo. —El señor Dante le extiende la mano.

Santiago acepta darle la mano. Quizás él podría ser un

maestro. Sería bueno haciendo eso. Y es algo que disfrutaría. Es mejor que lavar platos. Es mejor que cualquier otra cosa que pueda imaginarse.

—Está bien. Lo pensaré.

Unas semanas después, Patterson abre la puerta para que los muchachos salgan de la clase. El señor Dante le habla despacio en inglés. Patterson achica sus ojos y accede.

—*Five minutes.*

Patterson se recuesta contra la puerta luciendo aburrido. Mientras tanto el señor Dante se dirige a Santiago.

—El gobierno está restringiendo los fondos para estos centros, diciendo que la educación es un lujo que no pueden continuar afrontando.

—Entonces quiere decir… —Santiago habla despacio, evitando dejar salir el resentimiento que siente en sus palabras—. ¿No va a continuar siendo nuestro maestro?

El señor Dante sacude su cabeza, respirando profundamente como si hubiera muchas opiniones (y malas palabras) que quisiera decir, pero no lo hace.

—Esta es mi última semana enseñando aquí.

Así que esto es lo que hay. Santiago se vira para salir, pero el señor Dante le agarra el brazo. El maestro lo suelta antes de que Patterson lo vea. Santiago se detiene incapaz de mirarlo a los ojos. Por lo menos el maestro se está despidiendo.

—El gobierno no va a continuar pagando por la educación, pero yo prefiero dar las malas noticias primero —dice el señor Dante.

Santiago alza la cabeza. ¿Eso significa que hay buenas noticias? ¿Cómo puede haber nada bueno después de esto?

—Estoy trabajando con una compañía de alfabetismo sin fines de lucro. —El señor Dante se endereza los espejuelos y lo mira—. El centro me ha dado permiso para comenzar un programa de lectura para los niños pequeños por media hora dos veces a la semana.

Santiago se cruza los brazos sobre el pecho. No es lo que él llamaría buenas noticias. Al menos no para él.

—Los niñitos tienen suerte de tenerlo a usted.

—Sé que has tenido muchos desengaños en tu vida, pero tienes que aceptar la posibilidad de cosas buenas también. —El señor Dante se recuesta contra una mesa con los brazos cruzados también—. ¿Por qué crees que te he mencionado esto?

¿Cómo va a saber él? A él no le interesa un programa de lectura para los niños pequeños. Él no se puede unir a ellos. A menos…

—¿Quiere que les lea a ellos? ¿Quiere que les lea cuentos? —suspira Santiago.

Patterson se mueve de su espacio junto a la puerta y el señor Dante levanta rápidamente dos dedos.

—*A couple more minutes. Please* —le dice el maestro al

guardia antes de volver su atención hacia Santiago—. Me han dado aprobación para tener un ayudante adolescente y yo creo que tú serías muy bueno para desempeñar ese trabajo.

Él, Santiago. Un futuro maestro. Haciendo algo que siempre le había gustado. Excepto que ahora estaría leyendo los cuentos en vez de contándolos.

—¿En español?

—Claro.

Santiago parpadea. Emoción y pánico fluyen por su cuerpo. El señor Dante habla en serio. Él realmente quiere que Santiago les lea a los niños pequeños. Santiago va a ir a otra parte del centro. Va a estar en un lugar nuevo.

—¿Van a tener las niñas alguien que les lea cuentos también? —Si hubiera alguna posibilidad de que la niña que conocía a Alegría estuviera todavía ahí...

La tristeza oscurece los ojos del señor Dante.

—Solo me han aprobado para leerles a los niños.

Es igual. Ella seguro que ya se había marchado hace tiempo. Como todos los demás.

—¿Usted cree que yo pueda leer lo suficientemente bien?

El señor Dante le hace la misma pregunta a él.

—¿Tú crees que puedes leer lo suficientemente bien?

—¿Quizás? —Y como el señor Dante está esperando una respuesta diferente, Santiago se corrige—. Sí, creo que sí.

CAPÍTULO 37

No pasaron ni dos minutos desde que Santiago dejó el salón de clases y se puso en fila para el almuerzo antes de que Listo, el sabelotodo, se colocara detrás de Santiago y lo golpeara en la parte de atrás de las piernas.

—Chismoso me dijo que vas a ir con el señor D a un viaje a la sección de los niños pequeños.

Santiago se vira en la fila y se encoge de hombros sin confirmar ni negar nada.

—¿Por qué tienes tú que ir y no el resto de nosotros?

—Él sabe que tengo experiencia con los niños pequeños —contesta Santiago simplemente.

—¿Tú? Nunca hablas con nadie. La mayoría de estos chicos no saben quién eres, y has estado aquí por una eternidad.

Santiago mira hacia adelante y se vuelve a encoger de hombros.

—Yo tengo siete hermanos —continúa Listo como una mosca molesta cerca de su oído—. Yo sé cómo son los niños pequeños. Y tú, ¿cuántos hermanos tienes?

La fila comienza a moverse. Listo le vuelve a golpear las piernas. Santiago tropieza y se cae sobre el muchacho que está delante de él. Santiago se endereza y se vira hacia Listo.

—Para ya —dice entre dientes Santiago. Empequeñece los ojos durante un segundo mirando a Listo de arriba abajo y se apresura para alcanzar la fila. El muchacho delante de él lo mira por encima del hombro cuando Santiago se aproxima.

—Lo siento, mano —se disculpa Santiago—. No fue mi intención llevarte por delante.

—'Tá bien —murmura el tipo. Es nuevo, probablemente tiene alrededor de dieciséis años y ya lo llaman Sumo por lucir como un luchador.

—No te vas a salir con la tuya —insiste Listo mientras se coloca delante de Santiago—. Voy a ver al señor D después del almuerzo.

—Adelante —dice Santiago. Si Listo se quiere colar en la fila, está bien. Durante el almuerzo ellos siempre tienen tortas en diferentes estados de vencimiento o humedad. Deja que Listo reciba un bocadito malo primero.

¿Pero quitarle el programa de lectura? No sin una pelea.

Santiago se atraganta la torta sin saber de qué es y es el primero en ponerse en fila para salir. No va a ayudar a Consuelo hoy. Con el rabo del ojo ve a Listo tomarse el jugo de golpe, pero no antes de que Sumo se una a Santiago en la fila. Santiago sonríe. Es una cosa que Listo se ponga en la fila delante de Santiago y otra cosa que se atreva a hacerlo con Sumo.

—¿No te gustan los sándwiches? —le pregunta Santiago al grandote—. Por lo menos hoy no tenían moho.

Sumo sacude su cabeza mientras se mueve molesto sobre los pies.

—Tengo una alergia severa al trigo.

Pobre tipo. Las tripas de Santiago no tienen problemas con nada, aunque parezca comida o no. Nunca había pensado en aquellos que tienen problemas digiriendo la comida.

—Qué lástima. ¿Lo mencionaste cuando te trajeron?

Sumo se toca la barriga.

—Sí, pero me parece que ellos creen que es fingido.

En otras palabras, a los oficiales que están a cargo de estas instalaciones no les importa. Según ellos, creen que el proveer cualquier tipo de comida sirve sus fines humanitarios.

Y no hay nada que Santiago pueda hacer para cambiar esto. Pero por lo menos le puede dar a Sumo esperanzas para algo bueno. Casi todas las tortas se acabaron, lo cual significa que no las van a volver a servir en la cena.

—Oye, Chismoso —llama Santiago—. ¿Qué tenemos de comida esta noche?

—Arroz con pollo —contesta Chismoso sin exigir pago por la información. Debe de ser información pública ya. Esta es otra razón por la cual casi todas las tortas se acabaron.

—Me gusta el arroz con pollo —dice Sumo, sonriendo.

—No te entusiasmes mucho —le advierte Santiago—. Hasta yo pienso que es bastante malo. Pero por lo menos no tiene trigo y siempre hay suficiente.

—Gracias.

Después de la inspección, Santiago sigue a Herrera por el pasillo. Una vez que está en la sala principal, corre hacia la puerta del salón de clases. El gobierno no ha despedido al maestro todavía.

—Camina, García —grita Herrera.

—Señor Dante —explota Santiago—. Yo tengo muchos pero muchos deseos de leerles a los niños pequeños. Por favor no me lo quite.

—Te he contratado a ti —dice el señor Dante, levantando la vista de lo que puede ser el plan para la última lección—. Por qué voy a...

Listo aparece en la puerta del salón intentando recuperar el aliento.

—Señor, yo estoy más calificado para el programa de lectura. Santi es analfabeto.

—Santiago —el señor Dante lo corrige—, ha avanzado muchísimo. Nunca he visto ese deseo de aprender.

—Pero usted ni siquiera me dio una oportunidad. No es justo.

El señor Dante se levanta de detrás de su escritorio y se sienta sobre una de las mesas largas con los brazos cruzados.

—¿Por qué lo quieres hacer?

—Yo aprendí a leer cuando tenía cuatro años —dice Listo, alardeando—. He ganado premios académicos en mi escuela y siempre he obtenido notas más altas que otras personas dos o tres años mayores que yo.

El señor Dante asiente y se vira hacia Santiago. Los nervios bailan en el estómago de Santiago. No puede competir con nada de eso. Cuando lee aún tiene que pronunciar muchas de las palabras. Pero el señor Dante había dicho que una persona tiene que hacer todo lo que sea necesario para alcanzar lo que desea. Y Santiago desea esto. Sabe que va a ser bueno en esto.

Respira profundamente.

—Yo crecí escuchando cuentos que mi mamá me contaba —comienza a decir Santiago en voz baja y después alza la voz cuando su confianza en sí mismo comienza a aumentar—. Después, le hacía cuentos a mis primitos y al final a... mi hermanita. Durante algunos minutos nos olvidamos de que estamos encerrados en un centro de inmigración y recordamos lo que es estar libre y pertenecer a algún lugar.

Una mano toca el hombro de Santiago. Él salta y se encoge. Al virarse ve a Sumo detrás de él. Ningún guardia le dice a Sumo que no puede tocar a nadie y su mano se siente bien y alentadora ahora que Santiago sabe de quién es. Otros muchachos entran en el salón de clases atraídos por el grupo que está ahí.

Santiago le da las gracias sonriendo.

—Lo siento —el señor Dante vuelve a mirar a Listo—. Santiago sigue siendo la persona adecuada para el trabajo.

Sumo hace una ovación y las quejas de Listo hacen que Herrera venga para investigar la conmoción. Sumo le quita la mano del hombro a Santiago sin que se lo digan.

Silencio instantáneo.

El señor Dante asiente.

—Voy a pedir permiso con la junta para tener más lectores adolescentes y, si es aprobado, cualquiera puede aplicar. Hasta que llegue ese momento, Santiago va a trabajar en el programa de lectura.

Listo abre la boca, pero decide irse a la sala de la televisión. Probablemente nunca le interesó leerles a los niños pequeños, pero le molestó no conseguir algo. Herrera sale del salón de clases y grita a través de la sala principal a los alumnos de la clase de la tarde.

Un muchacho que Santiago había visto pero que todavía no tiene un apodo se acerca al señor Dante.

—A mí también me gustaría leerles a los niños pequeños si lo dejan tener más de un ayudante. Mi hermanito está ahí. Estaba enfermo cuando llegamos y quiero estar seguro de que está bien.

Las palabras del muchacho perforan el corazón de Santiago. El recuerdo de Alegría sin él en la sección de las niñas pequeñas vuelve a surgir. No saber qué estaba sucediendo con ella y si estaba bien había sido una tortura. Después de todos estos meses, el recuerdo de sentir que no podía hacer nada para verla aún lo atormenta.

—Puedes leerles a los chiquitines por ahora —dice Santiago metiendo sus manos en su bolsillo—. Yo puedo leerles a ellos más adelante.

A él aún le quedan cinco años más hasta que lo expulsen. ¿Qué importan unas semanas más o menos?

—Santiago —dice el señor Dante—. Yo te ofrecí el trabajo porque eres el mejor para hacerlo.

Santiago mira el piso. Solo porque es el mejor no lo hace correcto.

—No lo puedo mantenerlo lejos de su hermano.

—No lo hagas —protesta Sumo—. Deseabas mucho hacer esto. Hiciste el esfuerzo por esto. Al menos alternen.

¿Alternar? El peso del sacrificio se desaparece. ¿Ir una vez en la semana en vez de dos veces? Sus pulmones se vuelven a llenar de aire. Una mirada al señor Dante le indica que es su decisión. Se vira hacia el otro muchacho que mantiene la esperanza.

—Sí —dice Santiago—, podemos compartir los turnos.

Los ojos de color marrón del otro muchacho se agrandan y después se empequeñecen.

—¿Qué quieres a cambio?

Santiago exhala y sonríe.

—Nada. A mí también me separaron de mi familia.

CAPÍTULO 38

Párate derecho. Sé cortés. Trata de no llamar mucho la atención.

Sosteniendo con fuerza tres libros contra su pecho, Santiago espera mientras el señor Dante trata de convencer a Herrera de que Santiago tiene permiso para dejar el área principal con él.

—Yo tengo una carta de la junta de directores diciendo que puedo delegar en uno de los adolescentes para que vengan conmigo durante el tiempo de lectura. —El señor Dante le enseña al guardia una carta—. Hice esto con Pablo hace un par de días y ahora es el turno de Santiago.

—No me importa la carta. Estoy diciendo que estamos cortos de empleados. Estoy solo en este momento y no hay ningún guardia extra que pueda escoltarlos a ustedes dos.

—Con todo mi respeto, señor Herrera —dice el señor Dante en español con cierto sarcasmo—, ¿en qué problema se puede meter él en el pasillo? Ninguno de nosotros puede salir por la puerta que tiene la ventanilla sin que nos permitan la salida.

—García es un criminal —Herrera escupe en el piso—. No puede esperar que yo confíe en él.

Los músculos alrededor de la boca de Santiago se contraen. ¿Un criminal? Este guardia debería ser encerrado por la forma criminal en que trata a los muchachos. Los patea y los insulta cada vez que tiene oportunidad. Aunque no puede acordarse, Santiago está dispuesto a apostar que fue Herrera quien lo pateó cuando se estaba muriendo de hipotermia. Pero Santiago no dice nada. Nada que pueda hacer que Herrera se enoje aún más y no permita que Santiago les lea a los niños pequeños.

Pero el señor Dante no es un «criminal»; aún como su antiguo maestro, él tiene poder.

—Santiago es un refugiado, no un criminal. Y le aconsejo que deje de tratarlos a él y a los demás como si lo fueran. ¿Ahora nos va a dejar salir o necesito comunicarme con su supervisor?

La mandíbula de Herrera se contrae. Alto y delgado como Santiago, el señor Dante no es contrincante contra Herrera, cuyo acné no puede esconder el hecho de que ha estado en peleas antes. Pero a diferencia de Santiago, el señor Dante no se acobarda ante el reto.

El guardia al fin accede y usa el pase que tiene alrededor del cuello para dejarlos salir.

—Gracias —dice el señor Dante con cortesía mientras Herrera frunce el ceño.

Y como un último golpe contra Herrera, el señor Dante le pone la mano sobre el hombro a Santiago violando la regla de no tocar a nadie y lo guía a través de la puerta. Parte de Santiago da vítores para el señor Dante y la otra parte quiere advertir a sus compañeros que se mantengan lejos de Herrera hoy.

El pasillo tiene varias puertas cerradas. Santiago ve la puerta con la ventanilla que lleva al salón de espera, después a la entrada y finalmente a la libertad. Si pudiera llegar al portón antes de que se cierre otra vez... Está tan cerca. Y tan lejos.

Se encuentran con una persona en el pasillo: una mujer alta que parece gringa con un traje de pantalón y chaqueta verde y dorado que definitivamente no es parte del uniforme de los guardias.

—Señora Mariño. —El maestro saluda a la mujer con el beso tradicional en la mejilla—. ¿Aún continúa haciendo entregas?

—Desgraciadamente, sí —dice, suspirando mientras sostiene dos botellas de bebés llenas de leche—. Espero que sea el último día.

—Buena suerte.

En cuanto desaparece en una habitación, Santiago pregunta:

—¿De qué se trata eso?

El señor Dante demora en contestar, pero no puede contener la ira en su voz.

—Ella es una abogada de inmigración. Todos los días desde hace una semana ha estado entregando leche materna de su clienta para la bebé de la clienta.

—¿Le quitaron a una madre su bebé?

—A todos los separan.

Como él y Alegría. Como Pablo, el muchacho que quería ver cómo estaba su hermano.

El señor Dante se detiene y mira alrededor para cerciorarse de que están solos.

—La mayoría de tus compañeros estaban viajando solos, tratando de escapar de las violentas pandillas de drogas, de los conflictos políticos o de extrema pobreza en sus países. Muchos de ellos han tenido que depender solo de ellos mismos.

¿Pandillas? ¿Política? Sí, Guanaco, su amigo de El Salvador mencionó algo de esto. Pero la mayoría de los muchachos no hablan de su pasado. Él tampoco comparte con ellos para poder enterarse. A veces cuando Chismoso está aburrido, les informa a todos sobre los chismes de los recién llegados. A algunos muchachos los atrapan tratando de cruzar la frontera o muy cerca de ella, otros como Santiago son rescatados del desierto, otros vienen de otros centros donde los tenían en enormes tiendas de campaña o jaulas. Pero la mayoría de los muchachos llegan al centro porque se entregan en la frontera tratando de conseguir asilo.

El pasillo sigue vacío y el señor Dante continúa en voz baja.

—Pero la mayoría de estos niños pequeños que vamos a ver estaban viajando con sus padres, adultos que los protegieron de los horrores que tú conoces. Llegan aquí y de pronto están solos. No saben por qué y piensan que más nunca van a volver a ver a su familia. Nadie se ocupa de ellos y piensan que a nadie le importa. Es por eso que este programa de lectura es tan esencial. Para demostrarles que ellos sí son importantes para nosotros.

Santiago aprieta aún más los libros contra su pecho. Debe de haber sido horrible para Alegría. Ella no habría comprendido. Al igual que le pasó a él cuando se llevaron a mami.

—¿Por qué nos separan?

—Porque pueden hacerlo.

El área de los niños pequeños es igual que la de los adolescentes. Tiene un área principal con puertas de un lado y acceso a los baños. Al igual que los adolescentes, no tienen ningún juguete.

La gran diferencia es el ruido. Dos de los niños gritan sin parar. Algunos están amontonados contra la pared llorando histéricamente. Un niño deja de golpearse la cabeza contra la puerta cuando ellos entran. Y solo algunos de los niños que tienen diez u once años (pero ningún adulto) hacen algo para tratar de consolarlos.

—No puedo hacer esto —la voz se le quiebra a Santiago. Es demasiado. Es una cosa sentir el dolor, él está acostumbrado a eso, sabe cómo vivir con ese dolor. Pero estos niños, algunos de solo tres años, separados de sus padres y encerrados en esta prisión... Esto no está bien. Ellos no deberían de tener que pasar por esto.

El señor Dante le aguanta la mano.

—Yo sé, le aprieta a uno el corazón. Pero durante media hora, como dijiste, los puedes ayudar a olvidar y brindarles el consuelo que no han sentido desde que llegaron.

Santiago acaricia la parte de atrás de su libro, el que mami le leía. Cuando mami murió, ella dejó recuerdos. Esos recuerdos aún hacen que Santiago se sienta mejor. Si algo necesitan estos niños es buenos recuerdos y sentirse consolados. Maldición, el señor Dante siempre tiene razón.

—Está bien. Me quedo.

Más de cincuenta niños de entre tres y once años se dieron cuenta de la llegada de ellos. Corrieron hacia el señor Dante y Santiago como manchas grises.

—Caminen —grita uno de los guardias.

—Paren —otro da palmadas con sus manos tratando de mantener la autoridad.

El tercer guardia, aparentemente tienen tres aunque podrían tener varios más, agarra el brazo de uno de los niños que corrían y lo levanta en el aire diciendo entre dientes que deje de ser un problema. Estos guardias no están entrenados en el cuidado de niños.

El señor Dante se lleva un dedo a los labios, alza la otra mano en el aire y traza una V (o las orejas de conejos) con sus dedos. Espera con paciencia y en cinco segundos la habitación llena de niños hace silencio mientras los niños se sientan en el piso duro. Hasta los dos que gritaban y otros que lloraban hacen silencio.

—Buenos días, chicos —les dice el señor Dante.

—Buenos días, señor Dante —responden retorciéndose y esperando en sus sitios.

—El otro día tuvimos a Pablo y hoy les va a leer mi amigo Santiago. Él también vive aquí en el centro al igual que ustedes.

Santiago los saluda con la mano y los niños lo observan como si fuera un cantante o actor famoso. El calor le sube por la parte de atrás del cuello. Qué vergüenza.

Los niños se dividen en dos grupos. Santiago les va a leer de los libros con láminas a los niños más pequeños en un área de la sala principal y el señor Dante les va a leer una novela a los mayores.

Milagrosamente se mantienen callados mientras esperan. Santiago respira profundamente.

Se equivoca con algunas de las palabras en las dos primeras páginas de *La princesa y el viento* aún cuando se sabe el cuento de memoria. Los niños aún lo observan, todos, los treinta y pico. Vira el libro y se esconde detrás de la cubierta mientras les enseña las láminas.

—¿Es este un libro de niñas? —pregunta uno de cuatro años.

Santiago sacude la cabeza. Quizás Llorón prestaría atención ahora.

—Es un libro para las personas. Todos lo pueden leer.

El niño se acerca más. Santiago lee la próxima página perfectamente bien. El niño continúa acercándose más y trata de sentarse en las piernas de Santiago. Otros dos se recuestan contra los hombros de Santiago para poder ver mejor las láminas. Inmediatamente hay un guardia al lado de ellos.

—Muévanse hacia atrás —grita el guardia—. No se pueden tocar.

Santiago muerde su labio. Lo que daría por poder tener a Alegría o a sus primitos sentados en sus piernas durante la hora de los cuentos.

Se arrodilla y alza el libro para que aún los que están atrás castigados puedan ver las láminas y sentir el abrazo invisible del cuento. De memoria dice el regaño de la princesa al viento por haber esparcido a su pueblo. «No hay ningún lugar dónde nos puedas mandar que no vayamos a sentir que pertenecemos».

Santiago no se sabe los otros libros de memoria, pero se cerciora de parar y de señalar las láminas para que todos las puedan ver. El que quería sentarse en sus piernas se escurre hacia el frente del grupo durante la lectura de los tres libros.

—¡De nuevo, de nuevo! —dicen los niños cuando Santiago termina el último libro.

Santiago sonríe y aprieta los libros contra el pecho. Son un consuelo y un escape. Él puede hacer esto.

—Volveré, lo prometo.

CAPÍTULO 39

Santiago y Pablo continúan turnándose para leerles a los niños pequeños. Cuando el señor Dante obtiene un permiso para que otro muchacho más les pueda leer a los niños, Listo se une a ellos solo una vez antes de decir que los niños son unos mocosos malcriados. Santiago le da las gracias en silencio al mocoso que lo asustó.

A diferencia de los muchachos mayores, los niños pequeños dejan el centro en una semana. Aún así, es mucho tiempo. Muchas cosas pasan en una semana. El señor Dante dice que cuando separan a la fuerza a un niño de sus padres lo puede traumatizar de por vida. Tan solo recordar al que quería sentarse en sus piernas durante la lectura de los cuentos que fue regañado hace que Santiago sienta dolor. Lo mismo que con Alegría;

aún después de tantos meses no se puede olvidar de ella.

Por sus cálculos, considerando que había llegado en el otoño cuando las noches comienzan a enfriar y ahora es primavera, Santiago cree que debe llevar seis meses en este centro. Aparte de Chismoso, más nadie lleva tanto tiempo aquí. Algunos solo permanecen en este centro por unas semanas, muchos van en el ómnibus que los lleva de regreso a México.

Cada vez que el ómnibus entra en el estacionamiento, la garganta de Santiago se reseca. El calor, la deshidratación, los recuerdos. Santiago recuerda que Chismoso había dicho que cuesta más de setecientos dólares por persona al día mantenerlos en el centro. Uno de estos días, los oficiales van a hacer cálculos y se van a dar cuenta de que no vale la pena tenerlo ahí cinco años más. Pero no llaman su nombre para subirse al ómnibus, respira de nuevo recordándose que va a estar aquí hasta los dieciocho años y se olvida de la posibilidad de ser deportado hasta la próxima vez.

El ómnibus no viene regularmente ni aún en un día específico. Pero su instinto le dice que va a venir pronto. Lo que se sentía como un lugar repleto con noventa y pico de adolescentes cuando él llegó, ahora se siente como que va a reventar con el doble de muchachos. Así que cuando llegue el ómnibus, Santiago siente que va a estar en él. Su garganta apretada lo confirma.

—¿A quién van a mandar en el próximo bus, Chismoso?

—Santiago no puede más y pregunta. Aún después de todos estos meses el secreto de cómo Chismoso obtiene la información continúa siendo un misterio. Quizás Chismoso soborna (o chantajea) a un guardia, o le hace favores a cambio de la información. Pero quién sabe cuál guardia. Como quiera que sea, la información de Chismoso es más acertada que el pronóstico del tiempo.

Desde dónde Santiago está parado, con los dedos entrelazados en la cerca en el patio exterior, no se ve ningún ómnibus en el parqueo. Pero mañana…

—¿Cuán desesperado estás por tener esa información? —Chismoso sonríe recostado contra la cerca que Santiago sujeta con sus dedos.

—Olvídalo. Olvida que pregunté —Santiago se aleja con las manos en los bolsillos que tienen su colcha metálica, su cepillo de dientes y el par de medias que usa como guantes.

—De acuerdo con un pajarito que conozco —dice Chismoso, tentándolo— los oficiales hicieron contacto con una mujer llamada Agracia Reyes de la Luz.

Santiago se para en seco con el corazón latiéndole fuertemente. No puede creerlo. Esa mujer no tiene teléfono, ninguna dirección concreta y aún así la han encontrado. Empequeñece los ojos y se vira despacio hacia Chismoso.

—Parece que has oído hablar de ella. —Chismoso camina hacia él moviendo los brazos. Del otro lado del patio, Sumo alza sus cejas. Santiago sacude la cabeza. Él tiene que hacer esto solo.

—Estás equivocado. Yo no conozco a nadie con ese nombre. —Santiago casi no mueve los labios. El resto de su cuerpo tampoco puede moverse.

—¿No me digas? ¿No es tu abuela?

Un músculo en el rostro de Santiago se contrae.

—No, yo no tengo ninguna abuela.

—Qué interesante. Ella también negó conocerte. —Chismoso se burla.

Un poco de esperanza. Si ella negó conocerlo entonces no lo pueden mandar de regreso a vivir con una extraña.

—Pero cuando la amenazaron, ella admitió estar relacionada contigo —sigue Chismoso.

Bien. No son las peores noticias. ¿Qué quiere Chismoso? ¿Qué gana con todo esto? Él es un don nadie.

—Ella se va a hacer cargo de ti —dice Chismoso en un último comentario hiriente—. Aún cuando desea que no hubieras nacido nunca, Santi.

Santiago mira a Chismoso con frialdad. El centro lo ha endurecido y el propio Chismoso le enseñó cómo causar dolor.

—Pero al menos tengo un familiar que está dispuesto a hacerse cargo de mí. Y mi nombre es Santiago.

Sí, ella se va a hacer cargo de él. Sobre todo si los oficiales la han amenazado. Ella va a cumplir con su deber, aunque él desearía que no lo hiciera. Pensó que no tendría más nada que ver con esa mujer. Excepto que ahora que la han localizado, va a volver a tener contacto con ella muy pronto.

Y pronto llega al día siguiente. La temperatura de afuera es como la temperatura de adentro. Santiago cierra los ojos y se recuesta contra la cerca disfrutando del sol que calienta su espalda. Escucha, o siente, la vibración del ómnibus antes de que entre al estacionamiento. Abre un ojo. Sí, ahí está. Un ómnibus blanco, pero aparte de eso no hay nada que lo distinga.

Los guardias los dejan pasar el recreo completo afuera y cuando entran no hay ninguna lista de muchachos para ponerse en fila para el ómnibus. Santiago vio el ómnibus. Lo escuchó. ¿Entonces por qué todo continúa como si fuera un día normal? Y si es un día normal, ¿por qué le duele el estómago debido a los nervios y el miedo?

—¿García? —Castillo llama después de varios minutos.

Santiago rehúsa apartar la mirada del libro que está leyendo. No es para él. Por lo menos hay otros dos Garcías que residen en su misma área en este momento. Si ignora al guardia, este se irá.

—¿García Reyes?

Santiago se levanta despacio con el dedo marcando la página del libro que se sabe de memoria.

—Tienes que dejar el libro —dice Castillo.

¿Qué? ¡No! Santiago aprieta el libro de mami con fuerza.

—El señor Dante me dio este libro... Me lo dio a mí —tartamudea. Una mentira total. El libro fue donado al centro y el señor Dante no tuvo nada que ver con las donaciones. Pero...—: Es mío. Tengo que llevármelo.

—No. Todo lo que entra aquí pertenece a este centro —dice Castillo. Y Santiago siempre había pensado que él era el guardia buena gente.

Podría rehusarse. Rehusar dejar el libro, rehusar dejar el centro. Excepto que lo arrastrarían afuera de todas maneras después de quitarle su libro.

Quita el dedo de la página donde había parado de leer y acaricia la carátula por última vez. Los bordes se habían enderezado después de aquel día de lluvia, pero aún están más gruesos que lo normal. También muestra signos de haber sido abierto muchas veces. Traza el título escrito en el viento. No hay remedio. Quizás aquí otra persona lo pueda disfrutar. En la casa de la malvada lo usarían para alimentar el fuego.

Se vuelve hacia Pablo. Él y Sumo vinieron a su lado cuando Castillo lo llamó y le entrega el libro a Pablo.

—A los niños pequeños les gusta cuando ruges como el viento y hablas con voces diferentes con cada personaje.

Pablo acepta el libro asintiendo. Santiago se vuelve hacia

Sumo que ha perdido peso pero que luce más desinflado que saludable. Con la espalda hacia Castillo le ofrece al muchacho grande su mano. Los ojos de Sumo se agrandan cuando Santiago le pasa una bolsa de frutas secas que no contienen trigo al darle la mano.

—Cuídate —le dice Santiago mientras Sumo se mete la mano en el bolsillo. También le pasa su cepillo de dientes. De acuerdo con Chismoso, el centro probablemente va a dejar de darles cepillos de dientes a los recién llegados diciendo que es un gasto innecesario. Es mejor que alguien lo use antes de que lo boten.

Santiago se reitra. No puede continuar mirándolos. Cada vez que se hace amigo de alguien termina perdiéndolos.

Observa el área principal una vez más. Fría, ruidosa, repleta, encerrada pero aún así su hogar. Es mucho mejor que lo que le espera. La puerta del salón de clases que le abrió tantas oportunidades ahora está siempre cerrada con llave. Ojalá pudiera decirle adiós al señor Dante...

Por otro lado bueno, está la expresión de sorpresa en el rostro de Chismoso. Por primera vez algo está sucediendo sin su conocimiento. «¡Toma eso!», piensa Santiago.

Castillo lo conduce por el pasillo y a través de la puerta con la ventanilla al mismo salón donde había estado hacía varios meses. Un guardia le entrega una bolsa plástica con la ropa que tenía puesta cuándo llegó.

A pesar del miedo que hay en el centro con respecto

a plagas y enfermedades, nadie se había ocupado de lavar su ropa. El olor que salía de ella después de estar encerrada en una bolsa plástica podía noquear a un ejército. Olor a humano, olor a pies, a polvo, a sangre.

Y un poquito de olor a un champú de frutas.

La airea sacudiéndola pero el olor persiste.

Los vaqueros malamente se los puede cerrar en la cintura y le llegan mucho más arriba de los tobillos. La camiseta le sirve pero es la que tiene más fuerte el olor al champú de frutas. Si pudiera saber que ella está bien, quizás el recuerdo no sería tan doloroso. Sacude la camiseta con fuerza, la vira al revés y se la vuelve a poner. Con un poco de suerte el olor desaparecerá pronto.

Algo cruje cuando se pone las medias. Demasiado aplastado para ser una cucaracha, pero probablemente algo igual de siniestro. Sacude la media y sale el billete de veinte dólares que don José le dio cuando dejó Capaz. Pensó que lo había perdido. Lo vuelve a colocar en la media antes de ponérsela.

Los zapatos están sin cordones. ¿Había sido él cuando estaba en ese estado de delirio con la insolación? No se podía acordar. Aún sin los cordones los zapatos no le sirven y no solamente porque sus pies se acostumbraron a estar con medias y chancletas, sino porque los dedos los tiene engarrotados. A pesar del arduo trayecto a través de las montañas, los zapatos están en excelentes condiciones.

Cuando regrese a México va a ir al mercado a ver si puede cambiar estos zapatos por otros usados más grandes. Pero sin los cordones no va a conseguir un buen precio. ¿Por qué se deshizo de los cordones?

Le entrega a Castillo su ropa del centro y la colcha metálica.

—¿Dónde están los otros? —Santiago se detiene.

—¿Cuáles otros?

—¿Los otros que van a ir en el bus de regreso a México?

—No vas a ir en el ómnibus. Tu familia vino a recogerte.

Santiago tropieza con sus zapatos pequeños. No, ella no pudo. Debe de haber sabido que si regresa en el ómnibus, él va a salir corriendo en la primera parada. Saldría corriendo ahora si sus zapatos no le quedaran tan pequeños.

Pero ella misma no hubiera venido. ¿Gastar todo ese dinero para venir en un ómnibus? No, debe de haber forzado a otro pariente a venir. Quizás la tía Roberta, pero ¿quién está cuidando a los niños? El tío Ysidro no puede. Entonces debe de ser el tío Bernardo, el tío alcohólico de Santiago. Le sorprende que la malvada haya confiado en el tío Bernardo para venir hasta el centro. El tío que él conoce hubiera desaparecido con el viento en cuanto cruzara la frontera. Parece que las cosas han cambiado.

Pasa otra vez a través del detector de metales por el cual pasó cuando llegó. ¿Será que creen que iba a tratar de robar una de las colchas metálicas? Un guardia que no conoce le entrega otra bolsa plástica con sus posesiones. Excepto que faltan su navaja y el encendedor de Domínguez. Él definitivamente no los perdió en el viaje pues se acuerda de que el detector de metales pitó cuando llegó.

—Con permiso —le dice al guardia desconocido—. Faltan algunas de mis cosas.

El guardia sacude la cabeza.

—No devolvemos nada que pueda ser utilizado como un arma.

Eso explica los cordones que le quitaron a los zapatos. Magnífico. No solo devuelven a las personas a sus países, pero las devuelven en peores condiciones de las que estaban cuando salieron.

Todo lo que queda en la bolsa es la moneda de un peso. Y la piedra triangular de lava que se había olvidado de devolver a María Dolores, aunque no le había creído cuando dijo que significaba mucho para ella.

Va a tirar la piedra en cuanto salga afuera. El peso es demasiado para llevarlo con él. Por unos segundos más la sostiene en la mano moviéndola entre sus dedos hasta que un grito hace que la suelte.

—¡Eh! ¡Todavía tienes la piedra del corazón de mi familia!

CAPÍTULO 40

El mundo se detiene. Nada tiene sentido. Es un sueño.

Esta mujer tiene pelo oscuro, largo, con flequillo rubio que casi le cubre un ojo. Usa vaqueros a la última moda, una blusa de rayas con botones en diagonal en el frente y una chaqueta apretada. Se aproxima rápidamente con los brazos abiertos los cuales él evade.

No se pueden tocar.

—No luces contento de verme —dice María Dolores deteniéndose a medio metro de distancia de él.

Santiago parpadea. ¿Contento? Sí, está contento de que no es la malvada ni otro de sus familiares de sangre. ¿Pero completamente contento? Eso va a tomar tiempo. Quizás cuando pueda volver a moverse.

—Claro que estoy contento de que estés aquí. Pero

estoy sorprendido. —Y confundido y también sintiendo un millón de otras emociones que no comprende.

Ella se agacha en el piso buscando la piedra de lava que él había dejado caer. La vira acariciando los bordes.

—No puedo creer que guardaste mi piedra con todo lo que pasó.

—Me la acaban de devolver. —No valía la pena decir que se había olvidado de ella hasta hace un momento.

—¿Quieres continuar guardándomela? —pregunta con la mano extendida que sostiene la piedra.

—En realidad, no.

Los ojos de María Dolores se agrandan como si él la hubiera golpeado.

—García, ¿conoces a esta mujer? —La misma guardia que apuntó su información y le tomó las huellas digitales cuando llegó sale de detrás de la mesa. Esto es demasiado. ¿Ahora los guardias sienten simpatía y se muestran cautelosos?

—Sí —y como la mujer continúa esperando, añade—, ella es María Dolores Piedra Reyes.

—¿Cuál es tu relación con ella? —pregunta la guardia.

Mira a los ojos grandes y oscuros de María Dolores que le recuerdan a los ojos de Alegría. Consuelo estaba equivocada, él no tiene esos ojos. Vuelve a mirar a la guardia antes de contestar la pregunta.

—Ella es mi hermana.

Los ojos de la mujer miran a uno y a la otra.

—¿Tienes miedo de ir con ella?

¿Miedo? Él es mucho más alto que ella. Y después de seis meses en un centro de detención juvenil de inmigración con jóvenes adolescentes, él puede mejor que nunca cuidarse a sí mismo. ¿Puede su respuesta afectar su salida? ¿Si hubiera venido la malvada hubiera podido rehusar irse con ella? No lo había pensado.

—No le tengo miedo. Solo estoy sorprendido. Todo está bien. ¿Me puedo ir?

—Estás libre.

Él y María Dolores permanecen unos segundos más clavados en su sitio antes de salir por la puerta de cristal del frente. Levanta los pies con cuidado para compensar por los dedos engarrotados y la falta de cordones. Una vez afuera el aire de la primavera muerde sus brazos. Ninguno dice nada mientras se encaminan hacia un auto viejo, azul, estacionado cerca del siniestro ómnibus blanco.

Al pasar por el lado del ómnibus lo mira: «Gané ».

De repente algo borroso con coletas negras y ojos grandes y brillantes choca contra él.

—¡Santi!

Envuelve a Alegría en sus brazos y la sostiene fuertemente mientras ella entrelaza sus pies alrededor de su cintura. Su nariz se esconde en el pelo de la niña que huele a frutas, diferente pero agradable. Está aquí. Está bien.

Cómo la había extrañado. Los ojos le pican. No, no puede. No aquí. No ahora.

La suelta para que se pueda bajar, pero ella, con sus piernas, se agarra con más fuerza y mantiene sus brazos alrededor de su cuello. Lo mira.

—Luces diferente, Santi —dice.

El sonido del apodo que ella le había dado le causa dolor. Después de meses de contraerse cuando alguien lo decía, ahora los ojos le vuelven a picar.

—Tu pelo está tan largo como para hacerte coletas —continúa.

—Quizás sí. —Bueno, una pequeña sonrisa no estaría mal. Se pasa la mano que tiene libre por su grueso y ondulado cabello que había dejado que creciera. El centro traía un barbero de vez en cuando pero siempre rehusaba cortárselo. Después de que sus tíos le afeitaron la cabeza, dejarse el cabello largo era como una rebelión y una de las pocas cosas que podía controlar.

—¿Te dieron mi dibujo?

El dibujo de su familia que Consuelo le había entregado. El dibujo que él había botado cuando pensó que lo habían abandonado y se había lamentado enseguida. Sus dichosos ojos, deben de tener alergia.

—Era muy bonito.

—¿Y adivina qué? Princesa regresó. Estaba cuidando a mami. Ella está bien ahora.

Del lado del conductor del auto surge otra mujer. Gruesa, con cabellos negros en una cola de caballo, grandes ojos casi negros y una amplia sonrisa. Si la hubiera visto primero la hubiera confundido con María Dolores.

—Hola, soy María Eugenia, tu otra hermana.

Acepta el beso tradicional como saludo.

—Gracias por haber conducido para venir a buscarme.

—Claro que sí. Al fin te puedo conocer. —María Eugenia hace señas hacia el auto—. Salgamos de aquí. Tengo una bandeja de enchiladas suizas que necesitan ir al horno.

—¡Qué delicia! —María Dolores mueve los labios sin hablar. Santiago permanece en silencio.

Se sienta en el asiento de atrás junto con Alegría. Las dos mujeres están sentadas al frente. Alegría le aguanta la mano mientras el auto pasa por los portones abiertos del centro. Una vez que han salido, respira profundamente. La última vez que trató de salir, los portones se cerraron en su rostro. Para bien o para mal, el centro se había convertido en su hogar donde había aprendido la rutina y sabía qué podía esperar. Extrañaría eso.

El paisaje continúa siendo el mismo con la tierra marrón seca que le recuerda su trayectoria. No hay señales de otros edificios o carreteras. En la distancia una cordillera de lomas asciende hasta convertirse en montañas. Si estas son parte de las que cruzaron no se puede imaginar cómo fue que llegaron tan lejos.

Comienzan a surgir señales de civilización. Otros autos los pasan y la carretera se pone más ancha con el ganado pastando a los lados. Media hora después se detienen en un pueblo pequeño que no tiene más de una docena de edificios. Paran en una estación de gasolina.

—Maji —María Dolores le dice a su hermana cuando todos se bajan del auto— ¿Puedes llevar a Alegría al baño mientras yo lleno de gasolina el auto?

—Pero no tengo ganas —protesta Alegría.

María Dolores sacude la cabeza.

—Yo quiero que trates de todas maneras.

—¿Puede venir con nosotras Santi?

—No mamita, yo lo necesito aquí —le contesta.

María Eugenia aguanta a Alegría de la mano.

—Después de que vayamos al baño, podemos comprar unos tentempiés.

María Dolores comienza a llenar el tanque antes de volverse hacia Santiago con las manos en la cintura.

—Habla conmigo. ¿Cuál es tu problema?

En la sombra próxima a las bombas de gasolina la temperatura es más fría. Santiago trata de meterse las manos en los bolsillos, pero no le caben. Cruza los brazos sobre el pecho y se recuesta contra el auto. No quiere oírle las quejas. Restriega el zapato demasiado pequeño en la tierra.

—Nada.

Señalando hacia su rostro con un dedo, María Dolores lo obliga a hacer contacto visual.

—Te dije hace tiempo que no me gusta que las personas me mientan.

Se miran durante varios segundos hasta que Santiago deja caer los hombros y baja la mirada.

—Pensé que estabas muerta cuando te llevaron —murmura.

—Casi lo estaba —asiente—. Una hora más y hubiera muerto. Me mantuvieron en terapia intensiva por tres días.

Su voz se endurece y cruza con más fuerza los brazos.

—¿Pero no te detuvieron? Me quitaron a Alegría. Me preocupé pensando que se podía morir. Robé comida para un tipo a cambio de información sobre ella. Me dijo que se había ido con su familia. ¿Cómo lo lograste?

María Dolores suspira.

—El amigo de mi cuñado es un pastor que tiene una iglesia que usa como refugio. Hizo los arreglos para que no me detuvieran e hizo los arreglos para poder sacar a Alegría. Aún tenemos cita en la corte. ¿Quién sabe si nos lleguen a dar el asilo que solicitamos?

—Pero no me buscaron a mí. —Patea la goma del auto antes de acordarse que tiene los dedos engarrotados. Dolor interno y dolor externo—. Escribí un millón de cartas para poder ir a un hogar alternativo. Llené muchas aplicaciones para no tener que continuar viviendo detrás de una cerca con alambre de púas. Ayudé a los guardias odiosos. Les salvé la vida a ti y a tu hija, y te olvidaste completamente de mí.

—Claro que no nos olvidamos de ti. —Alza los brazos al aire—. ¿Estamos aquí, no?

—¡Seis meses después!

—Eso fue lo que demoró conseguir una copia de tu certificado de nacimiento. No me dejaban llevarte hasta que no pudiera probar que estamos relacionados.

Se le caen todas las defensas. Su voz se vuelve un suspiro.

—¿Tienes mi certificado de nacimiento?

María Dolores saca a través de la ventanilla abierta del auto un cuaderno plástico con un papel adentro. El sello de México a la izquierda, el sello de Chihuahua a la derecha. Debajo de los dos sellos lee las siguientes palabras:

ACTA DE NACIMIENTO
NOMBRES: Santiago García Reyes

—¿Dice que mi cumpleaños es el veintitrés de marzo? —Nadie nunca se ocupó de decírselo.

María Dolores sonríe.

—Es dentro de unos días. Alegría te quiere hacer una fiesta de unicornio.

Él continúa leyendo.

NOMBRE DEL PADRE: Juan García García

Un nombre tan corriente que podría ser cualquiera.

NOMBRE DE LA MADRE: Sofinda Reyes de la Luz

Aquí en sus manos estaba la prueba de que mami había existido en realidad y que había sido su mamá.

—¿Cómo conseguiste esto? —Sus ojos no pueden dejar de mirar el papel. Observa cada detalle. La hora del nacimiento fue las 14:16. Su mamá tenía veinte años cuando lo tuvo.

—Te lo aseguro. No fue nada fácil. —María Dolores se acerca más a él—. Seis meses de llamadas telefónicas y de escribir cartas, buscando en los archivos de los periódicos de Chihuahua, buscando anuncios de nacimientos, llenando formularios, pasándoles sobornos a las personas adecuadas. Cada vez que estaba cerca, algo surgía que me echaba para atrás. Por suerte yo no me doy por vencida fácilmente.

La bomba de la gasolina salta indicando que el tanque está lleno, pero ninguno de los dos la saca.

No lo puede creer. Que ella hiciera todo esto por él.

—Me hubiera gustado saberlo.

Ella se viró sorprendida para mirarlo.

—Pero te escribí sobre esto en las cartas que te envié

casi todas las semanas. Pensé que quizás no sabías leer, pero asumí que alguien te las iba a poder leer.

—Sé leer ahora. Pero nunca recibí ninguna carta. Ninguno de nosotros recibía cartas.

—Ay, eso explica todo. —Le coloca una mano sobre el brazo. Esta vez no se encoge ni se la quita—. Pero aún cuando pensaste que nos habíamos olvidado de ti, dijiste que Alegría y yo éramos tus hermanas. La guardia lo tenía archivado. Supo quién era yo cuando le enseñé mi identificación.

Sí, él lo había dicho.

—Quise excluir esa información, pero la palabra «hermanas» continuaba saliendo.

—Tú nos salvaste las vidas. No podía dejar de pensar en ti como mi hermano. No importa lo que pase, estamos metidos en esto juntos.

Alza los brazos apretándolo en un fuerte abrazo, empinada para poder alcanzarlo. Él la deja. No se echa hacia atrás. Al fin se siente consolado. Ahora sí tiene seguridad. Si le preguntaran ahora, ya recuerda cómo se siente estar feliz.

—Mira cómo has crecido —dice al separarse, haciendo alarde sobre la mancha húmeda que dejó en su camiseta—. Y sigues estando demasiado delgado. ¿Pero por qué tienes la camiseta al revés?

Él se ríe. ¿Hace cuánto tiempo que hizo eso?

—No importa ya.

—Santi, ¡adivina! —Alegría sale corriendo de la tienda—. Tienen helados de frambuesas. ¿Quieres uno?

—Claro que sí. —Aún con el frío no puede decir que no. Se vira hacia María Dolores—. ¿Le puedo comprar uno? ¿Es suficiente con veinte dólares?

—Suficiente para comprar varios.

—¿Cuatro?

—Probablemente —dice, sonriendo—. ¿Pero me compras uno de chocolate?

—Lo que desees. —Se agacha para cargar a Alegría y la gira para sentarla en sus hombros.

—¡De nuevo, de nuevo! —chilla ella, pero él la sujeta fuertemente por los tobillos. No desea dejarla ir. Se vuelve hacia la otra hermana.

—María Eugenia, ¿qué sabor de helado quieres?

—Chocolate, por supuesto.

Le recuerda a Alegría que tiene que agacharse cuando entren por la puerta de la tienda. Es increíble la variedad de helados que hay. Algún día cuando pueda leer los diferentes sabores en inglés, los va a probar todos.

Cerca de los helados, hay un estante con tarjetas postales con fotos de la variedad y diversidad que existe más allá del desierto seco y hostil de Nuevo México. Si dos helados de frambuesas cuestan $3,50 cada uno, y los dos de chocolate cuestan $3,99 cada uno, aún le queda dinero para comprar unas tarjetas postales a $0,99 cada una. Una para mandársela a don José en Capaz porque se lo había prometido. Otra para Consuelo de parte de él y de Alegría. Y la otra para el señor Dante porque gracias al maestro, él puede.

De regreso en el auto, ya habiéndose comido los helados (aunque Alegría tiene un bigote rojo), un trueno fuerte suena en la distancia. Alegría se inclina hacia Santiago lo más cerca posible que le permite su cinturón de seguridad.

—No me gustan los truenos, Santi —le dice.

—¿Te puedo hacer un cuento? —pregunta y Alegría asiente junto a su hombro.

—Cuándo tenía tu edad, yo también les tenía miedo a los truenos. Hasta que mi mami me dijo que los truenos son como un tambor que anuncian la llegada de la lluvia. La lluvia es lo que hace que las plantas crezcan y también se lleva lo que no es deseado para tener un nuevo comienzo.

—¿Pero por qué los truenos y la lluvia tienen que hacer tanto ruido? —pregunta Alegría.

—Porque es una fiesta, una celebración. Mami y yo solíamos cantar y bailar bajo la lluvia. Ella decía que era un honor para la lluvia que podamos sentir las gotas en la piel en vez de escondernos de ella. Cuando abrazamos la lluvia somos libres.

Alegría se acurruca más cerca.

—¿Podemos nosotros hacer eso? ¿Bailar bajo la lluvia?

Santiago le quita la mano de las coletas. Por mucho que

trate de pararlos, los recuerdos siguen en su corazón. Su tía criticándolo por dejar que sus hijos jueguen en el fango. La malvada insultándolos a él y a su mami, la vez en el centro que se empapó y por poco se muere.

No, no va a dejar que esos pensamientos arruinen las cosas. No más.

—Me gustaría. Bailar juntos va a ser tremenda fiesta. —Santiago besa la cabeza de Alegría—. Si tu mami dice que está bien. Y si hay una manera de secarse y de calentarse después.

María Dolores se vira del asiento delantero y agarra la mano a Santiago apretándosela.

—Claro que sí a todo eso. Pero solo si me puedo unir a ustedes en la fiesta bajo la lluvia.

—¡Yo también! —dice María Eugenia desde el asiento del chofer.

El ruido de otro trueno estremece el auto. Esta vez Alegría se endereza.

—¿Crees que va a estar lloviendo cuando lleguemos a nuestro hogar?

Santiago mira por la ventanilla. El sol detrás de las nubes con los truenos ha hecho que estas se transformen en brillantes colores de morado y rosado.

Nuestro hogar, un futuro que nunca ha conocido.

—Sí, creo que sí.

NOTA DE LA AUTORA

Cuando escribí esto libro había cientos de personas tratando de entrar a diario a los Estados Unidos. Los centros de detención están totalmente llenos y las ciudades próximas a la frontera se esfuerzan por proveer recursos para los refugiados. Las leyes continúan cambiando, pero casi nada, o nada, se hace para mejorar las condiciones de las personas en estos centros. Ni siquiera la muerte de varios niños en estos centros ha resultado (de acuerdo a mi conocimiento) en ningún cambio positivo para cambiar esta situación. Los periódicos reportan que cuesta más de setecientos dólares diarios por persona alojar a los jóvenes en estos centros de detención de inmigración. Y el gobierno reclama que no hay suficientes fondos para mejorar las condiciones de vida en los centros. A donde sea que este dinero vaya, no está beneficiando a ningún inmigrante o refugiado.

Aunque la historia de Santiago es ficción, al igual que el centro en el cual está detenido, la mayor parte de sus experiencias son reales y son parte de las privaciones que han existido en el pasado y que aún existen en el presente en esos centros de detención. Fueron tomadas de diversos informes de jóvenes y de adultos que estuvieron en instalaciones temporarias y a largo plazo en centros de detención en diferentes partes del país. A la mayoría de los niños que entran a los Estados Unidos, los mantienen en condiciones mucho peores de las que pasó Santiago. Con frecuencia no tienen acceso a agua limpia y a comida, están hacinados juntos en grandes «jaulas». No les proveen cepillos de dientes, ni jabón ni atención médica. Proveer educación que hace pocos años era obligatoria, actualmente es inexistente. Sin embargo, el gobierno espera que los jóvenes aprendan inglés.

Algunos niños se los siguen quitando a los padres. Una abogada amiga mía de verdad entregó leche materna para un bebé separado de su madre. Les quitan los cinturones y los cordones de los zapatos junto con cualquier otra cosa que es considerada peligrosa, dejando a los detenidos en condiciones peores que cuando llegaron. Muchos de los jóvenes que entran a los Estados Unidos actualmente se entregan en la frontera pidiendo asilo mientras que otros continúan entrando ilegalmente.

Debido a que son áreas remotas, algunas personas intentan cruzar la frontera en Nuevo México, Arizona y California sin estar conscientes de las condiciones naturales de esos lugares. En un mundo ideal, una persona tendría de uno a dos galones de agua por día para poder cruzar el desierto, lo cual se hace difícil considerando el peso del agua. Hay evidencia de personas muriendo pocas horas después de que sus vehículos dejaron de funcionar. También hay reportes de personas que han sobrevivido cuatro o cinco días en las temperaturas extremas del desierto que sobrepasan los cien grados Fahrenheit aún cuando se habían quedado sin agua por varios días. A veces ciudadanos que quieren ayudar, dejan botellas con agua debajo de los arbustos para los inmigrantes mientras que otros destruyen a propósito estas botellas para evitar la inmigración. Desgraciadamente, cientos de personas mueren cada año tratando de cruzar el desierto y también hay muchos cuyos restos no son encontrados nunca.

A pesar de todas las dificultades que las personas pasan tratando de inmigrar a los Estados Unidos y las dificultades que pasan los jóvenes una vez que están aquí, miles de jóvenes arriesgan todo por vivir en los Estados Unidos. Grandes problemas con las pandillas de drogas en sus pueblos los hacen salir huyendo tratando de salvar sus vidas. Para otros, la pobreza es un factor que los lleva a la inmigración. Por ejemplo, el sueldo actual en México es de cinco dólares

(www.hklaw.com/en/insights/publications/2018/12/
mexico-to-increase-minimum-wage-for-2019).   Muchos
niños como Santiago están huyendo de familiares abusivos.

El impacto emocional de este libro hizo que fuera un
reto escribirlo. Hiere el corazón ver las extremas dificultades
a las que se enfrentan los refugiados en un intento de estar
seguros y de recibir asilo. Pero al mismo tiempo sabía que
tenía que escribir la historia de Santiago. Sin conocimiento
no hay cambio. Aquí está el conocimiento, ahora vamos a
hacer el cambio.

—A. D.

Referencias

American Academy of Pediatrics. "American Academy of Pediatrics Urges Compassion and Appropriate Care for Immigrant and Refugee Children". 13 de marzo de 2017. https://www.aap.org/en-us/about-the-aap/aap-press-room/pages/american-academy-of-pediatrics-urges-compassion-and-appropriate-care-for-immigrant-and-refugee-children.aspx.

Arnold, Amanda. "What to Know About the Detention Centers for Immigrant Children Along the U.S.–Mexico Border". *The Cut*, 21 de junio de 2018. https://www.thecut.com/2018/06/immigrant-children-detention-center-separated-parents.html.

Barry, Dan, et al. "Migrant Children Tell of Life Without Parents Inside US Immigration Detention Centres". *Independent*, 16 de julio de 2018. https://www.independent.co.uk/news/world/americas/migrant-children-us-immigration-centres-family-separation-a8449276.html.

Bogado, Aura. "ICE Isn't Following Its Own Handbook on How to Deport Kids". PRI, 25 de abril de 2018.

https://www.pri.org/stories/2018-04-25/ice-isn-t-following-its-own-handbook-how-deport-kids.

Button, Liz. "ABA to Collect Books at Winter Institute 14 for Refugees at the Southern U.S. Border". American Booksellers Association, 18 de noviembre de 2018. https://www.bookweb.org/news/aba-collect-books-winter-institute-14-refugees-southern-us-border-108586.

Chapin, Angelina. "Drinking Toilet Water, Widespread Abuse: Report Details 'Torture' For Child Detainees". *Huffpost*, modificado por última vez el 18 de julio de 2018. https://www.huffpost.com/entry/migrant-children-detail-experiences-border-patrol-stations-detention-centers_n_5b4d13ffe4b0de86f485ade8.

Cooper, Nicole. Charla en University of the Incarnate Word, San Antonio, TX, 6 de noviembre del 2017.

Cotter, Holland. "For Migrants Headed North, the Things They Carried to the End". *New York Times*, 3 de marzo de 2017. https://www.nytimes.com/2017/03/03/arts/design/state-of-exception-estado-de-excepcion-parsons-mexican-immigration.html.

Dickson, Caitlin. "'I Thought I Would Never See Him': Asylum Seeker and Son Reunite After Border Separation". Yahoo News, 17 de julio de 2018. https://www.yahoo.com/news/thought-never-see-asylum-seeker-son-reunite-border-separation-163945092.html.

Dickerson, Caitlin. "Detention of Migrant Children Has Skyrocketed to Highest Levels Ever". *New York Times*, 12 de septiembre de 2018. https://www.nytimes.com/2018/09/12/us/migrant-children-detention.html.

Garcia Bochenek, Michael. "No Way to Treat Children Fleeing Danger". *Harvard International Review*, 26 de julio de 2018. https://bettercarenetwork.org/sites/default/files/No%20Way%20to%20Treat%20Children%20Fleeing%20Danger%20%7C%20Harvard%20International%20Review%20copy.pdf.

Gómez-Molinaro, Grace. Abogada de inmigración. http://www.gomezimmigration.com/.

Hlavinka, Elizabeth. "UT Immigration Clinic Lawyers Represent Detained Immigrant Women, Children". *The Daily Texan*, 11 de febrero de 2016. http://www.dailytexanonline.com/2016/02/11/ut-immigrationclinic-lawyers-represent-detained-immigrant-women-children.

Huang, Wen. "Q&A on Child Immigration Crisis with Law School's Maria Woltjen". UChicago News, 14 de julio de 2014. https://news.uchicago.edu/story/qa-child-immigration-crisis-law-schools-maria-woltjen.

International Rescue Committee. "What's in My Bag? What Refugees Bring When They Run for Their Lives". *Medium*, 4 de septiembre de 2015. https://medium.com/uprooted/what-s-in-my-bag-758d435f6e62.

Office of Refugee Resettlement. https://www.acf.hhs.gov/orr.

Sharp, Jay W. "Water, Water . . . Nowhere: Survival in the Desert". DesertUSA. https://www.desertusa.com/desert-activity/thirst.html.

Stillman, Sarah. "The Five-Year-Old Who Was Detained at the Border and Persuaded to Sign Away Her Rights". *The New Yorker*, 11 de octubre de 2018. https://www.newyorker.com/news/news-desk/the-five-year-old-who-was-detained-at-the-border-and-convinced-to-sign-away-her-rights.

Taxin, Amy. "Immigrant Children Describe Treatment in Detention Centers". AP News, 18 de julio de 2018. https://www.apnews.com/1a8db84a88a940049558b-4c450dccc8a.

Urrea, Luis Alberto. *The Devil's Highway: A True Story.* Nueva York: Hachette, 2005.

Otros libros para niños y adultos

Libros de cuentos ilustrados

Agee, Jon. *The Wall in the Middle of the Book*. Nueva York: Dial Books for Young Readers, 2018.

Buitrago, Jairo y Rafael Yockteng. *Two White Rabbits*. Toronto: Groundwood Books, 2015.

Danticat, Edwidge. *Mama's Nightingale: A Story of Immigration and Separation*. Nueva York: Dial Books for Young Readers, 2015.

Mills, Deborah. *La frontera: El viaje con papá/My Journey with Papa*. Cambridge, MA: Barefoot Books, 2018.

Morales, Yuyi. *Dreamers*. Nueva York: Neal Porter Books, 2018.

Surat, Michele Maria. *Angel Child, Dragon Child*. Nueva York: Scholastic, 1989.

Tonatiuh, Duncan. *Pancho Rabbit and the Coyote: A Migrant's Tale*. Nueva York: Abrams, 2013.

Libros para jóvenes

Bausum, Ann. *Denied, Detained, Deported: Stories from the Dark Side of American Immigration*. Washington, DC: National Geographic Children's Books, 2009.

Colfer, Eoin y Andrew Donkin. *Illegal*. Naperville, IL: Sourcebooks Jabberwocky, 2018.

Park, Linda Sue. *A Long Walk to Water: Based on a True Story*. Boston: HMH Books for Young Readers, 2011.

Senzai, N. H. *Shooting Kabul*. Nueva York: Simon & Schuster Books for Young Readers, 2010.

Libros para adolescentes

Clark, Tea Rozman, ed. *Green Card Youth Voices* series. Green Card Youth Voices, varios.

Marquardt, Marie. *The Radius of Us*. Nueva York: St. Martin's Griffin, 2017.

Schafer, Steve. *The Border*. Naperville, IL: Sourcebooks Fire, 2016.

Zoboi, Ibi. *American Street*. Nueva York: Balzer + Bray, 2017.

Libros para adultos

De León, Jason. *The Land of Open Graves: Living and Dying on the Migrant Trail*. Oakland: University of California Press, 2015.

Patel, Lisa (Leigh). *Youth Held at the Border: Immigration, Education, and the Politics of Inclusion*. Nueva York: Teachers College Press, 2013.

Regan, Margaret. *Detained and Deported: Stories of Immigrant Families Under Fire*. Boston: Beacon Press, 2015.

Glosario

El inglés no es un idioma difícil de entender pero sí lo es para leer. Hay muchas letras que se pronuncian a veces de una manera y a veces de otra. Intenten leer estas palabras y luego pueden escuchar cómo se pronuncian a través de una persona que hable inglés o por el internet. También hay algunas palabras que son muy parecidas en ambos idiomas. Como les dijo el señor Dante, fíjense si pueden reconocer patrones en la escritura para entender lo que significa.

A couple more minutes. Please: Unos minutes más. Por favor.

A human . . . his life: Un humano… su vida.

Break: una pausa o tiempo libre.

Extreme negligence on your part: negligencia extrema de su parte.

Five minutes: cinco minutos.

I'm free: Estoy libre.